AF282736

Editorial BUBOK, 2024

ISBN Libro en papel: 978-84-685-8131-6
ISBN eBook en PDF: 978-84-685-8132-3

https://www.bubok.es/libros/278399/icjmmjc

I Concurso de Relato Breve
JUAN MARÍA MOLINA JIMÉNEZ
(Convocatoria para CEUTA)

# LOS TECHOS ALTOS

de **JUAN JOSÉ CORONADO NAVARRETE**

y otros relatos.

# PRESENTACIÓN

Este libro ha surgido de la convocatoria del I Concurso de Relato Breve en honor al ceutí Juan María Molina Jiménez, escritor, ensayista y traductor de Platón.

La participación ha estado limitada a autores nacidos o residentes en Ceuta, y ha sido bastante mayor de lo que esperábamos. Damos las gracias a todos nuestros concursantes por haber hecho posible este proyecto.

El Jurado, compuesto por

**Maribel Tena López**. (Periodista y amante de los libros).

**Pablo Sanz Martínez**. (Escritor y poeta. Profesor).

**Rafael Mendizábal Sanz**. (Matemático y físico. Lector).

ha decidido otorgar el premio al relato

## LOS TECHOS ALTOS

### de JUAN JOSÉ CORONADO NAVARRETE

Como por el camino se han quedado algunas narraciones excelentes, nos planteamos reunir aquí los textos cuyos autores nos han dado su consentimiento para ello y donar un ejemplar a cada uno. (Como es natural, el desarrollo del certamen ha sido absolutamente independiente de la publicación del libro).

A petición nuestra, sus autores, además de revisar sus relatos para su edición, han tenido la amabilidad de escribir unas líneas sobre ellos, que van al final de los mismos. Les rogamos que fueran muy escuetos para que todos tuvieran una extensión parecida. Agradecemos a la mayoría el esfuerzo de "comprimirse" tanto. Otros no lo han logrado, seguramente porque los límites propuestos eran excesivos. Todas son informaciones muy valiosas, que nos ayudan a conocer a sus autores como escritores y como personas, lo que es un regalo añadido para cualquier lector.

Estos son los relatos que aparecen en el libro por orden alfabético del título:

***Abono*** de **FERMÍN CASTRO GONZÁLEZ**. Una mujer, abandonada por su marido, dedica todo su tiempo y su cariño al cuidado de sus plantas. Desde sus primeras líneas la narración destila humor, que en el terrorífico desenlace se convierte en humor negro.

***Cascabel*** de **MAYDA DAOUD ABDELKÁDER**. Una chica cuida y apoya a su hermana durante su embarazo de alto riesgo. Cierto día le regala una pulsera muy especial. El parto —una nueva vida— coincide con la muerte, tan absurda que quizá no existe, o eso parece por el cascabel...

***Cristales opacos*** de **IGNACIO GONZÁLEZ PRIETO**. Precioso relato lleno de melancolía. La vida de un anciano se centra en su pequeña tienda y en su amistad con sus clientes, la mayoría, niños a los que les regala libros o les compone juguetes rotos. Pero la sociedad ha cambiado...

***Cuando vienen a verme*** de **FRANCISCO CORDERO MUÑOZ**. El narrador, puesto en la piel de un recluso, nos muestra una realidad desconocida para la mayoría: su emoción cuando su familia le visita en la cárcel, su intenso deseo de abrazar a sus hijas libremente y lograr que se sientan orgullosas de él, pese a sus errores del pasado...

*El comienzo de un viaje de superación* de **BÁRBARA GARCÍA MARTÍ**. Una chica relata su accidentada excursión con unos amigos de Ceuta para esquiar en Sierra Nevada. El tiempo empeora y se asusta, conque baja la montaña andando, aislada del mundo por la niebla. Pero no es sólo eso lo que la inquieta...

*El rostro de la resiliencia* de **JOSÉ MANUEL FERNÁNDEZ AHUMADA**. Conmovedor encomio del narrador a su amigo ucraniano Vasyl, un chico que, tras sufrir y superar todo tipo de vicisitudes, lucha en el ejército de su país y muere, dejando tras de sí un recuerdo de su bondad y valentía.

*El trigal* de **KAUZAR MUSTAFA BEN HATTAL**. Dos hermanos atraviesan una noche cargada de misterio y hechizo. Están perdidos, y no saben ni de dónde vienen ni sus nombres; sólo que deben llegar al trigal. Su poético caminar nocturno desemboca en un final sorprendente...

*El valle del manzano del hombre muerto* de **JORGE RUIZ LEÓN**. Este relato es un placer para los amantes de la naturaleza, descrita con tal sensualidad que nos sumerge en su verde, en su luz y sus sombras, en su rumor de agua. Pero, además, hay un misterio soterrado...

*Entre sombras y claridades* de **PABLO MÁRQUEZ TABOADA**. Introspección del narrador, tan maravillosa de forma como profunda de contenido. Con un ejemplo de su propia vida, el hilo del escrito va evolucionando desde el abismo del yo más íntimo a la hermandad con los demás seres humanos.

*La carta* de **MANUEL RESCALVO CHUMILLAS**. Un homenaje apasionado a la música. Su autor recuerda como de niño, en un viejo arcón de sus abuelos, encontró una carta de un morisco del s. XV o XVI, despojado de sus tierras, de cuyo nombre, Fellah-mengu, deduce que procede una palabra clave de la música andalusí.

***La otra senda*** de **ISABEL CABEZA GARCÍA**. Una chica se abre camino en la vida: consigue trabajo, se casa con un hombre al que quiere... Sin embargo, por debajo, hay un velado conflicto con su marido, que nos mantiene en suspenso y nos deja con ganas de seguir leyendo más.

***Lo imposible*** de **JUAN CARLOS SÁNCHEZ JIMÉNEZ**. No hay ni una frase en esta narración que no nos estremezca por su belleza y por su sentimiento. Es pura literatura, tan profunda y tan intensa como un poema, y desbordante de vida, de humanidad, de amor y de melancolía.

***Los techos altos*** de **JUAN JOSÉ CORONADO NAVARRETE**. Desde la primera línea de este relato divertidísimo —que pasa de puntillas por las penas— nos sentimos parte de la familia del niño que empieza la narración y la acaba ya de mayor, en una irónica vuelta atrás. A cada lectura que se hace de él, se disfruta más de cada detalle.

***Mi niño interior*** de **ROBERTO CARLOS MONTILLA CASTILLO**. Desde su cama del hospital, un niño cuenta, con sencillez y sentimentalismo, sus tres últimos días antes de una grave operación. Pero lo que a él le preocupa es que sus padres, separados, se reconcilien, aprovechando la oportunidad de que los dos van a visitarle...

***¡Por fin soy juez!*** de **ENRIQUE MARCOS PASCUAL**. Nos describe los problemas de todo tipo por los que pasa una aspirante a jueza: las oposiciones, el período de prácticas con la ayuda de un juez tutor... Todo ello entremezclado con las emociones, altibajos y esperanzas de la protagonista.

***Préstamos*** de **ALICIA MORALES FERNÁNDEZ**. Hace un maravilloso recorrido por diversas obras literarias que la han ido cautivando desde pequeña, y expresa una emocionada gratitud a sus autores, que la acompañan a lo largo de su vida.

***Siete años de buena suerte*** de **MARGARITA DEL BREZO GÓMEZ CUBILLO**. Con grandes dosis de ironía y muy buen ritmo, una vendedora de pisos contrasta su vida, aparentemente tan "normal", con lo que le sucede en la soledad de su casa: su imagen se ha escapado del espejo y convive con ella...

***Tumba 3786*** de **LEOPOLDO SÁNCHEZ VALENCIA**. Impresionante narración de uno de los inmigrantes que atraviesa el Estrecho desde Ceuta a la península, confiando en la promesa de que viajarán en un barco en condiciones. No es así. Él ayuda a montar a una mujer embarazada...

***Un cuento para el camino*** de **JOSÉ LUIS LACACI LÓPEZ**. Un ladrón asalta a los peregrinos del camino de Santiago. Y no sólo les roba dinero: cuando enferma de las piernas, se las corta a un peregrino, para que un curandero se las trasplante a él. Así va sustituyendo los órganos enfermos de su cuerpo, hasta que llega al corazón...

***Un espía en el salón*** de **EMILIO BARRANCO CAZALLA**. Igual que el padre del protagonista le llevaba de la mano por las calles y rincones de la Ceuta de su infancia, él consigue llevarnos por la ciudad de otro tiempo, con un estilo sobrio, pero que despierta la nostalgia del lector, y también le hace reír con su ironía.

***Visiones de Ceuta*** de **SIMÓN HERNÁNDEZ LEAL**. El chileno Roberto se enamora de Marta, una ceutí. Cuando Marta regresa a su tierra, él no vuelve a saber nada de ella.

Angustiado, decide venir a buscarla desde Chile. En sus pesquisas por Ceuta, la ciudad le hechiza y empieza a tener visiones...

***Y cuando quieras volver, ya no podrás*** de **ALMUDENA DE TORRE CASADEVANTE**. Una chica ceutí, que trabaja en Madrid, se ha acostumbrado a la apresurada vida de allí, ha hecho nuevas amistades... Aunque añora su ciudad, el mar, su infancia... Pero... El bello título del relato lo dice todo.

Como veréis, hay lecturas para todos los gustos... ¡Esperamos que las disfrutéis como se merecen!

Sólo queda por añadir que el plazo para participar en la siguiente convocatoria de este concurso se abrirá en septiembre de este mismo año, después de las fiestas de Ceuta, y que, a partir de ahora se celebrará anualmente en esas fechas.

He tenido el placer de editar y revisar[1] este libro, y, por tanto, son míos los posibles errores, por los que me disculpo de antemano.

Pilar Zapata Bosch.
(Filóloga y escritora).

---

[1] Excepto los relatos, que, como es habitual, han sido revisados y corregidos por sus autores.

JUAN JOSÉ CORONADO NAVARRETE

# LOS TECHOS ALTOS

Papá había comprado aquella casa de techos altos porque decía que daban prestigio. Una casa con muchas habitaciones, en pleno centro de la ciudad, y con una terraza amplia para que la gente nos viese y saludara al pasar algún Cristo. Mi padre era ateo y blasfemo, pero un buen empresario siempre tiene que aparentar sentir las tradiciones de la ciudad, de ahí que cada Semana Santa engalanase el balcón, quemase incienso y saliéramos todos con nuestras mejores galas y crespón negro a mostrar nuestro dolor por la muerte del Nazareno. Yo deseaba que la Cofradía  que fuera se diese prisa para poder recorrer aquel infinito pasillo e irme al cuarto de mis juguetes.

Ahí era feliz y me evadía de lo que ocurría en esa casa de cinco metros de altura. Me sentía libre de la amargura vital de mi madre, los chismes de mi abuela, las reuniones de mi padre  con sus socios y la queja silenciosa de María. Era una chiquilla de pueblo, que había llegado a Ceuta para buscar trabajo en el comercio, pero que al quedar embarazada de un soldado de Regulares no tuvo más remedio que agarrarse a la primera fregona que pilló. Aún la recuerdo a sus veinte años y como me maravillaba verla lavar, cocinar o barrer con un bebé de meses envuelto en una manta cuidadosamente dispuesta entre su cuello y su cintura.

De vez en cuando venía mi tía África, la de Madrid. Cada vez, con un novio distinto y con una historia diferente de amistad con una famosa a la que había conocido tomando té en el Ritz. Me encariñé especialmente con un tal Cosme que engatusó a mi padre hablando de locales comerciales en Atocha mientras me regalaba pegatinas de RENFE, locomotoras de juguete y fotos de los distintos trenes que salían desde Madrid "a cualquier lugar del mundo". Era el preciso momento en que mi padre me indicaba con la mirada que dejase aquel despacho y me fuese con mis cowboys y mis comanches: el trato estaba cerrado o a punto de. Cosme y papá nunca hablaban delante de mi tía, que bastante tenía con predicar sobre la liberación de la mujer mientras María le pintaba las uñas, pero el caso es que mi padre le dio cinco millones de pesetas para invertir a medias en una cafetería a pie de estación. Meses después, aquel conductor de cercanías desapareció con el dinero, dejando a mi padre con una subida de tensión, a mi tía con una criatura en la barriga, a mi madre y abuelos llamándola puta y a la pobre María de vuelta al pueblo con su bebé. "Ahora será la tita quien cuide de nosotros", decía mamá. "Ya que tenemos que mantenerla, que se lo gane. Y si no, que se hubiera cosido el *jigo*".

Desde aquel día, mis abuelos dedicaron el resto de sus vidas a tratar de convencer al resto del personal de que su hija era casta y virgen como la de Los Remedios pero "unos yonkis le habían echado un spray cuando salía del teatro con unas amigas" y por eso se había quedado embarazada sin estar casada ante Dios. Mamá aguantaba la risa como podía mientras gritaba "ay, mi botecito de Reflex" y pegaba dos pellizquitos en la mejilla a mi primo.

La primera mujer a la que vi desnuda fue, precisamente, mi tía. No tendría yo más de diez años cuando aquel coche teledirigido que me habían traído los Reyes se metió en su habitación, que no estaba cerrada. Entré a buscarlo y me quedé petrificado con aquellos pechos grandes, ese vello púbico depilado y su cara de horror cuando se percató de que yo estaba ahí. "Por... por favor. Sal de aquí" dijo pálida mientras se tapaba los pechos con una mano y la ingle con otra. En aquella camita donde dormían ella y *Ungüentito*, las cartas y fotos del tío Cosme y la ropa del bebé se entremezclaban…

Mientras, a mi padre se le iba amargando el carácter. Desde aquel maldito día en que se abrió la Verja de Gibraltar, nuestra ciudad dejó de ser atractiva al turista, puesto que la diferencia de cruzar en barco no compensaba para encontrar unos productos que tenían el mismo precio en el Peñón. El comercio ya no era el de siempre, y había que diversificar el negocio. De puertas para fuera, seguíamos siendo los señores de tal, los dueños de la casa de techos altos. De puertas para dentro, la despensa presentaba huecos, mi padre sudaba más que un testigo falso cuando se ponía a hacer números y mamá enfiló, para no volver, el camino de la depresión. África y *Ungüentito* no salían de su habitación, y si lo hacían era para ir a llamar por teléfono a la cabina que estaba al lado del Mercado.

Papá diversificó el negocio, aunque para aquello hizo una buhardilla en el salón, que rebajó la altura en dos metros y de la que solo él tenía llave. El caso es que la situación parecía remontar, a pesar de que mi madre le insistía en que se buscase otra cosa. La cosa siempre acababa igual: "tenemos un niño, tu hermana, el niño de tu hermana, una casa en el centro y tú vas a la peluquería dos veces por semana. A ver si tú te crees que esto se paga solo, pardiez". Mi madre gritaba, mi tía pedía silencio y mi primo lloraba. A mí solo me consolaba aquella vieja locomotora que me había traído Cosme y soñar con viajar a cualquier lugar en una de ellas.

Llegó el momento: a principios de los 90, yo ya era un hombre y me llegó una carta diciendo que tenía que irme al Servicio Militar. Mi padre me dio la mano como, al parecer, lo hizo con él su abuelo cuando a él le pasó lo mismo al salir de su pueblo en Córdoba, mi abuela mil pesetas y un chorizo escondido en una toquilla y mi tía un paquete de preservativos. Mi madre, con el pelo demasiado corto y lo suficientemente devorada por un cáncer como para no levantarse de la cama, hizo el esfuerzo de acompañarme al puerto aquel día. Nunca olvidaré que la última visión que eché antes de salir fue al salón de mi padre, con esa extraña buhardilla, la foto de los tres en la casa de Estepona, que habíamos vendido el año anterior, y su vieja radio de Galena.  Aquel cordobés serio, gordo, de bigote marrón y peinado de manera que su flequillo disimulase su prominente calva, se rompió al darme un abrazo. "No te olvides de nosotros. Tú siente orgullo de tu familia. Eres el Rey de la casa de los Techos altos. Ese es tu pasado, y tu futuro".

Ese día, Maradona eliminó a Italia en Nápoles. Al día después de mi jura de bandera, mamá ingresó en el Hospital para nunca volver. Mi padre cayó en una depresión de envergadura, y solo gracias a que el último amor de su vida de mi tía era un coronel, se me permitió acabar la mili en Ceuta para estar cerca de él.

Cuando meses después me lo encontré muerto en el sofá, junto a su vieja radio y tras horas repitiendo el nombre de mi madre, tuve claro que no quería hacerme cargo de un nicho. Hablé con mi tía, que se fue a vivir con un muchacho que vendía hamburguesas en un carromato y que era —ese mes— el hombre más maravilloso del mundo, y los incineramos. En un jarrón chino reposaban las cenizas de ambos. "¡Ese es tu pasado, y tu futuro!". Entendí la frase de mi padre cuando abrí, a martillazos, la buhardilla y me cayeron del cielo quinientos kilos de resina de hachís. Supe moverlos rápidamente, a través de compañeros en el cuartel, y los réditos de aquel dinero reposan en esa vieja buhardilla. Están junto a mi traje de *pistolo,* los restos de Cosme, que nunca encontró el dinero que defraudó a mi padre, pero al que sí hallaron un par de albaneses, una vieja radio y las cenizas de la familia de los techos altos. Y sí: treinta y tantos años después de aquello, cada Semana Santa me pongo un traje de chaqueta y lloro por el martirio del Nazareno. Lo importante, a veces, no es ser. Es, simplemente, aparentar…

Este relato me lo inspiró mi visita a una consulta médica. Aún en tiempos en los que estamos permanentemente conectados al teléfono móvil (el gran dictador), me gusta observar detalles rutinarios. Al percatarme de la altura de los techos, y pensar en lo complicado que sería cambiar una bombilla, surgió la historia. Siempre he tenido cierto miedo a los techos altos; me da la impresión de a mayor altura de una vivienda, más incontrolables son los acontecimientos dentro de la misma. Este es un recuerdo, además, a aquella ciudad de esplendor comercial en la que vivió su infancia este periodista autodidacta con más de un cuarto de siglo de profesión, autor de un libro de reciente aparición ('Relatos para una espera', editorial Avant, 2023) y apasionado de las gentes y cosas más difíciles de entender: las sencillas.

**JUAN JOSÉ CORONADO**

## FERMÍN CASTRO GONZÁLEZ

# ABONO

**A**quella mujer amaba las plantas. Cuando su marido voló a un nido más cuco, se desprendió de todo aquello que pudiera tener una reminiscencia del pájaro; y lo primero que salió por la puerta de su apartamento fue la tele de sesenta pulgadas y la colección de fotografías de su boda y de su luna de miel en París; había arrojado a la basura el souvenir de la Torre Eifel, una caja de esas pastas llamadas macarons que nunca habían abierto y que se habían endurecido y podrido como su matrimonio. En el lugar vacío, que iban dejando aquellas muestras arqueológicas del amor, fue colocando macetas con plantas de hojas verdes, pero sin flor. Amaba ese verde que se puede acariciar y que sólo da la tierra.

Aquella mujer nunca volvió a colocar retratos en las mesas ni en las paredes. No esperaba visitas.

Aquella mujer hablaba con sus plantas. Su conversación no era muy sofisticada: sobre el tiempo principalmente; las plantas son muy materialistas y ella lo aceptaba, pero al mismo tiempo admiraba la determinación férrea que poseían. Ansiaban la luz y el agua y un festín de minerales, codiciaban la luz, pero hundían sus raíces en la oscuridad.

Antes del alba las regaba con agua pulverizada, al medio día subía o bajaba el toldo de su terraza, y por la noche las cubría con plásticos. Una vez leyó que la música clásica les encantaba y ella, que jamás mostró ningún interés por la música, se convirtió en una melómana. De Beethoven solía ponerles La Quinta Sinfonía, Para Elisa; de Vivaldi Las Cuatro Estaciones, se pirraban por la Primavera; de Mozart el primer movimiento de su 40 sinfonía y el aria La reina de la noche; en fin, las plantas sentían una pasión por el Barroco, pero despreciaban toda la música posterior al considerarla contra—natura.

Aquella mujer hablaba con las plantas y estas debieron proponérselo. Ya estaba muy achacosa por la edad: «¿y si un día ya no te levantas qué sería de nosotras?». Le susurraban a diario; cuando se despertaba al alba las hojas se agitaban, cuando se paseaba entre ellas en el poco espacio que iba quedando libre en su piso sentía la presión ansiosa de ellas; en el crepúsculo, aunque las ventanas estuvieran cerradas escuchaba como se agitaban movidas por un silencioso viento de horror. A cada segundo el ensordecedor susurro:

«¿Quién cuidará de nosotras? ¿Quién!»

La solución era de lo más natural.

Fueron los vecinos los que dieron la voz de alarma. El hedor era insoportable en todo el edifico. Se deslizaba por la rendija de las puertas, se introducía en cada resquicio, invadía el rellano y el hueco de la escalera. Era un nauseabundo olor a podrido y rosas muertas. Uno de los vecinos, el que vivía frente al piso de aquella mujer, comentó días después que durante la noche percibía un ruido extraño, un fru, fru, fru, como si se removieran las hojas de frondosas plantas.

La policía municipal la encontró en el suelo como una Ofelia desnuda; había sacado las plantas de las macetas y las había colocado sobre su cuerpo, las raíces se habían introducido bajo su piel y habían absorbido los jugos de los órganos, diminutas raicillas rojizas sobresalían de las cuencas de sus ojos, de su nariz y de su boca abierta que mostraba una mueca horrible, un agujero negro y grotesco.

*Las plantas llevaban al menos un mes alimentándose de ella*, dijo el forense.

Escritor, comentarista y conferenciante. Ha ganado números premios nacionales e internacionales como Primer Premio XVI Certamen Literario Internacional de Motril. (2013), Primer Premio II Certamen Noches Poéticas de Bilbao (2016). Ha publicado hasta la fecha: "Los Poderes Ocultos de Adolf Hitler: Historia Esotérica del nazismo", "El País Evanescente: Mitos y Leyendas de China", "El niño que intentaba atrapar una sombra: desvelando a Poe", "Relatos en el filo de una hoja". "The A.B.C Poe. A limited edition illustrated tribute. David Forges (ilustrador), Fermín Castro (escritor)". "Los enigmas ocultos de Shakespeare". "La X en la palabra" Primer Premio II Certamen Noches Poéticas de Bilbao (2016), "El Tercer Sexo", "La Guerra de Dios", "Desvelando a Lovecraft", "La princesa Cristales". Ha participado en numerosas antologías como: "Zikaron. Cinco miradas en verso", "Versos desde el corazón", "Tú", "Ver S.O.S", "Amor y Poesía", Escritores de habla hispana", "Los mejores Poemas", "Antología Cercada".

**FERMÍN CASTRO**

*Abono.*

## MAYDA DAOUD ABDELKÁDER

# CASCABEL

*22 de enero*:

Eran las 17.30 de la tarde.

**M** se dirigía, aún con un poco de cansancio acumulado de no dormir apenas, a vestirse rápido porque **A** ya estaba de camino para recogerla. Llevaban meses sin que las cuatro se encontraran para merendar, algo muy común y que, muchas veces, se dilataba hasta la hora de cenar —o casi—.

Salió de su casa y **A** la estaba esperando con una sonrisa y paciencia infinitas. Se funden en un abrazo, hacía mucho que no se veían, y es que el embarazo de **M** ha sido de lo más complicado que **A** ha gestionado: cambios de humor, altibajos constantes, pasotismo… Pero siempre pensaba que no era para menos, ya que, a **M**, justo en el primer trimestre, le comentaron que estaba ante un embarazo de riesgo y que peligraba tanto la vida del bebé como la suya propia, así que había que estar arropándola, frente a sus miedos y preocupaciones, para estar "a lo que venga". – Para eso están las hermanas, ¿no? —le repetía constantemente a **M** cuando le daban sus brotes de disculpas y agradecimientos.

Recogieron también a **K** y a **I**, y comentaban las últimas anécdotas y el estado anímico de cada una mientras iban al punto de encuentro, la cafetería con nombre de obra de arte por excelencia, en el que lo mismo te pides una tostada de aceite y tomate que una *rgaifa*[2] con miel.

—¿Cómo llevo las oposiciones? Pues imaginaos… No puedo más, os lo prometo, y últimamente me encuentro muy cansada y con dolores reiterados de cabeza…pero no quiero molestaros con mis historias—**A** siempre terminaba su intervención con esa coletilla que a **M** le molestaba muchísimo y es que, aun queriéndola más que a nada en el mundo, a veces su inseguridad, su fragilidad creaban silencios incómodos que las personas que no la conocían bien se quedaban un tanto absortas, pero estaban en su llamado "espacio seguro".

Hablaron largo y tendido, actualizando su "base de datos". **I** seguía inmersa en sus pruebas, agobiada y exhausta, aunque lo que desconoce ella es que ese año no iba a ser su año, ya que el examen físico lo suspendía porque algo le pasó en la pierna que le impidió cumplir con los segundos que marcaban ese aprobado. Pero, en su caso, las segundas oportunidades sí que fueron buenas y consiguió el año siguiente aprobar cumpliéndose así su sueño.

**K** hablaba poco, a ella se le daba mejor escuchar, no entraba mucho en abrirse o contar algún que otro detalle sobre su vida, era sin duda la parte introvertida del grupo, aunque sabíamos si estaba bien o mal por su mirada, eso es imposible de ocultar.

---

[2] *Rghaifa:* masa de harina semejante a una tortita pero más gruesa.

**M** estaba en bucle constante sobre su embarazo. Todo lo que podía aportar en su conversación era el malestar físico y emocional, ¿su única novedad además de eso? Inscribirse en un curso de cuatro meses sobre Competencia Digital, para ampliar sus conocimientos en el ámbito educativo, nada mejor para finalizar sus últimas semanas de embarazo. Esta mujer no tiene límites, no los conocía ni para ella ni para su entorno.

Pasadas unas horas, **A** saca una pequeña bolsita, viendo que era el momento perfecto, mientras **M** tenía la mirada perdida en el gentío que se encontraba alrededor.

–Tengo un regalito para ti, espero que te guste —dijo **A** con la voz quebrada.

—No hace falta que me regales nada cariño, lo sabes —dijo **M** con una cierta modestia, pero intrigada en descubrir qué es lo que escondía esa bolsita.

Al abrirla, se encuentra con una pulsera plateada, compuesta por bolitas unidas por una goma transparente elástica y un cascabel. Inmediatamente, **M** se la coloca y con alegría y un tono de incertidumbre la daba las gracias una y otra vez a **A**. Pero ésta última, le preguntó si conocía ese tipo de pulseras, a lo que **M** le contestó que no, que no sabía que existían tipos de pulseras de esta clase.

—Ese cascabel que forma la pulsera se le llama "Llamada a los ángeles". Cuando te sientas mal, triste, solo tienes que mover tu muñeca, el ángel acudirá a protegerte y sanarte, cariño mío —explicaba **A** con una voz serena, segura de lo que decía. **M** notó en la mirada de **A**, como si quisiera trasladarle algo importante con ese detalle que no logró descifrar aquella tarde. ¿Cómo descifrar el lenguaje de las almas cuando éstas son arrastradas por la vorágine del día a día, consiguiendo así ensordecerlas?

*22 de febrero*:

—Por esto me la diste, ¿no? ¿Para llamarte? ¿Sabías que te ibas a ir y me lo transmitiste de esta forma? No entiendo nada, hermana, no lo entiendo… ¿Por qué tú? No me lo creo, no me lo creo…**A**, por favor, escríbeme, tengo nuestra última conversación abierta, me dijiste que me ibas a llamar, ¿por qué no lo haces? ¿No quieres ver a tu sobrina? El parto fue tremendamente doloroso… Dios…me estoy volviendo loca. Estoy hablando sola. No, no, sé que me escuchas…—*(M procede a mover ligeramente la muñeca).*

—Cascabel, la necesito, necesito que no se vaya, es mi hermana, compartimos la vida, las penas y alegrías. **A,** no me dejes…—grita, entre sollozos, dentro de la cama, tras descolgar la llamada, la cual anunciaba que **A** había fallecido.

Desde entonces, el cascabel nunca dejó de escucharse.

Un *"clin clin"* esperanzador y, a su vez, devastador.

Victoria, (Ceuta, 1991). Mamá, maestra de Educación Primaria, con amplia formación en el ámbito educativo, cursa actualmente el Grado de Lengua y Literatura Españolas por la UNED.

Desde temprana edad, ha tenido una vida activa dentro del mundo político y asociativo, siempre en pro de la convivencia, libertad e igualdad entre las personas. Amante de la literatura desde sus siete años, es la primera vez que se lanza a publicar algo relacionado con el ámbito literario, ya que suele escribir artículos y/o columnas de opinión.

**MAYDA DAOUD ABDELKÁDER**

## IGNACIO GONZÁLEZ PRIETO

# CRISTALES OPACOS

Había transcurrido otro año más. Y ya eran trece desde que se había jubilado formalmente. Sin embargo llevaba acudiendo diariamente con ilusión renovada a su pequeño taller de reparación de juguetes y otros artilugios, el cual regentaba en el pasaje Alegría, número siete, interior, en el antaño concurrido local de la histórica *Librería Libertad.* Casi se podía decir que lo "jubilaron" los clientes, o más bien la ausencia de estos. No sabía con exactitud si es que la gente ya no amaba los libros, o si es que leían a través de otras fuentes u otros contenidos de inferior calidad, al menos en su opinión. Para Daniel, los libros, y en especial los atlas, eran lo máximo. Nunca llegó a incorporarse a la lectura por dispositivo electrónico, y evidentemente esto le hizo caer en la obsolescencia, fuera de juego ante todas esas personas que viven sobre la cresta de la ola y los avances tecnológicos. Y simplemente un buen día de otoño echó la persiana por última vez como librero. Empero, esta situación le permitió concederse la licencia de abandonarse a unos deseos que anidaban en su alma desde siempre. Si ahora ya no iba a dedicarse a vender libros, se dedicaría a reconstruir sueños.

A pesar de que la afluencia de público había sido exponencial y paulatinamente decreciente día a día, y de lo recóndito de su establecimiento, ubicado al fondo de una galería mal iluminada y peor señalizada aún, con la mitad de los locales cerrados o en permanente anuncio de alq

uiler, la sonrisa de Daniel no desaparecía de su semblante. Siempre hallaba un motivo por el que sonreír, alguna tarea que hacer y, si no tenía encargos o faenas pendientes, su mente discurría alguna labor que realizar para mantenerse feliz y ocupado, entre todas aquellas cajas, estanterías y cajones atestados, unos de libros y volúmenes de toda clase y antigüedad, y otros de piezas y componentes de lo que un día fueran relucientes ilusiones de una mañana de Reyes Magos, o tal vez un premio por sacar buenas notas. Era un nuevo caminante en un planeta inmenso repleto de juguetes rotos.

La gran mayoría de las veces Daniel no podía reconocer si su interlocutor reflejaba o le devolvía esa sonrisa que él solía llevar pintada, pues su visión entonces únicamente le permitía apreciar cambios significativos de luces y sombras, algunos colores muy intensos o chillones, y los detalles más gruesos o evidentes, si es que los miraba muy de cerca y concienzudamente. Se sentía como *Rompetechos.* Y cada día que pasaba, su visión era más pobre y reducida. Se sentía como si descendiese a toda velocidad rodando desde el mirador de Isabel II entre la maleza hacia las vaguadas del pantano, como si lo viese todo borroso y enmarañado desde dentro de una lavadora que estuviese centrifugando y, de vez en cuando, algún detalle llamativo emergía desde la semioscuridad hacia una fugaz nitidez. Sabía que más pronto que tarde, sus manos tendrían que aprender a ser sus ojos. Pero eso sería otro día, se decía a sí mismo.

Para trabajar en sus arreglos utilizaba diversas lentes de aumento a modo de lupas que él mismo engastaba en monturas de gafas adaptadas, lo que le permitía distinguir con la claridad necesaria y suficiente tanto los tipos de letra más habituales en literatura e impresión, como los mecanismos y engranajes de los juguetes que reparaba, hasta en sus piezas más minúsculas. Había que reconocer que Daniel era todo un genio de lo cotidiano, un solucionador nato.

La mayor parte de su peculiar clientela la componía un grupo de personas demasiado mayores, a veces incluso más que él mismo, nostálgicas de tiempos pasados y de sus antiguos juguetes de infancia, y que querían legarlos a sus nietecitos o a personas cercanas. También familias con ingresos modestos que, de algún modo, se enteraban de su presencia en el pequeño local en penumbra mediante algún conocido, y que querían dar más vida a sus juguetes, o que quizás los habían heredado de otros niños, de otras familias… En algunas ocasiones, había personas que, mientras esperaban a que pusiese alguno de sus arreglos a punto, se decidían a curiosear entre las estanterías cuajadas de libros y le pedían alguno prestado. Muchas de esas veces, Daniel ofrecía como regalo alguno de esos libros que atesoraba a personas que venían a recoger algún juguete que hubiera quedado como nuevo. *"Mientras te arreglaba el Scalextric, pensé que este libro podría gustarte, pega mucho contigo"*, les decía.

Asiduamente le visitaba un grupo de jóvenes pertenecientes a una asociación para personas con síndrome de Down que había en un local cercano al suyo. Muchas tardes se dejaban caer por el taller para aprender a arreglar sus propios juguetes o los de otros niños, para jugar con ellos, o simplemente para curiosear entre los libros y cuentos durante el periodo de recreo en sus actividades, mirando cómo Daniel trabajaba. Él siempre estaba dispuesto a darles charla, a enseñar arreglos sencillos a quien quisiera aprender y, muchas veces, les tenía preparados pastelitos y un vaso de leche para merendar. Ni que decir tiene que siempre había alguno que se antojaba de algún libro, y a Daniel le encantaba decirle que podía llevárselo a casa gratuitamente. Cuando no venían, los echaba de menos, sobre todo en esas tardes de lluvia interminables, con el agua repiqueteando incesante sobre la claraboya del techo, la única conexión con el exterior que había en la librería, aparte de la puerta y los escaparates que daban a la galería, tapados ahora con carteles. Esos jóvenes suponían para él brillantes haces de luces de color en toda esa densa oscuridad que estaba sumida su vida cotidiana.

En realidad, los niños y niñas de la ciudad —y de casi todas partes —apenas jugaban ya con muñecos, trenes, coches teledirigidos u otros juguetes cualesquiera… Juguetes que pudieran ser susceptibles de estropearse y, por lo tanto, de repararse. Tampoco era frecuente ver a la chiquillería leyendo cuentos, tebeos, biografías de héroes… Pareciera que esa afición por la lectura o por los cómics se recuperaba un tanto pasada la adolescencia y ni mucho menos en todos los casos. A la mayoría de ellos les atraía poderosamente el mundo de la tecnología, los videojuegos e internet. Aunque Daniel estaba especializado en sanear cachivaches que requerían mucho cuidado en la parte artesanal y gran dosis de mimo y atención. Con cada cliente establecía una relación única y especial. Para esos niños y niñas de cualquier edad, sus juguetes eran algo muy importante, eso con lo que disfrutaban en sus ratos de ocio y fantasía, con las tareas del cole hechas y la merienda ya en el cuerpo.

Principalmente los viernes por la tarde o bien ya los sábados por la mañana era cuando le llegaban esas muñecas sin piernas, sin brazos, sin cabeza, sin pelo…, coches con la chapa abollada o sin alguna rueda, o autómatas con los mecanismos escacharrados por una u otra razón. Las horas transcurrían plácidas a la par que vertiginosas, buscando los repuestos y soluciones, envueltas en la música clásica que surgía de su viejo transistor. En los pequeños ratos muertos, se ponía a intentar ordenar los montones de libros, aunque siempre se quedaba atrapado recordando alguna historia o releyendo fragmentos de novelas, de ensayos, o simplemente disfrutando de los mapas y atlas de todo el mundo. Entre sus aficiones estaba también el aprender nombres raros de ciudades, países, montañas, ríos…

Esa armonía de su estado de fascinación le era repentinamente arrebatada por el tintineo de las piezas de cristal del móvil que pendía en la puerta de entrada, lo cual anunciaba una nueva visita, un nuevo reto, la posibilidad de hacer rebrotar la sonrisa en el alma de un niño, de llenar de carcajadas la estancia al ver su juguete vuelto a la vida como por arte de magia. Comenzaba así para Daniel un nuevo viaje lleno de luz y color dentro de su progresiva y devoradora oscuridad, donde resonaban miles de palabras, miles de sensaciones, aromas, y nacían paraísos.

*Zubir Rubinstein* (pseudónimo del autor) escribe desde siempre las historias con que la vida le propone retos lo suficientemente atractivos, que le inspiren y le motiven para crear caminos de palabras que nos lleven a algún universo que merezca la pena visitar.

Cambia su nombre como los nombres de las piedras preciosas que utiliza para componer cada texto, cada mundo, cada playa, cada hogar.

**IGNACIO GONZÁLEZ**

## FRANCISCO CORDERO MUÑOZ

# CUANDO VIENEN A VERME

Hola, me llamo Fran y soy el papá de Carolina y Triana, también el hijo y el hermano de la mejor familia que podría haber tenido nunca.

Estando en prisión he tenido el tiempo y la frescura para poder meditar, las ganas y la fortaleza para empezar a leer, hacer mucho deporte y retomar mis estudios. También la serenidad y la inteligencia para administrar todo lo ocurrido antes de mi entrada y empezar a darle importancia o quitársela a todo cuanto lo merecía.

Bien podría haber ido a peor y echarme a perder del todo si no hubiera sido por el apoyo de mi familia y por el amor que me tienen y les tengo a mis dos preciosas hijas, tampoco le quito importancia a mis ganas de vivir y a ese amor propio, aunque el cuarto motor que me impulsa a ser cada día mejor persona es el de tener que demostrar, demostrar y demostrarme a mí mismo que la vida que antes vivía me tenía preso y ciego, que está es la vida que siempre quise tener, lejos de las drogas y mucho más cerca de mis familiares, a los que quiero por encima de todo.

Agradecido debo estar y estoy de quien soy y lo que tengo, agradecido porque a pesar de todo, aun confíen en mí y vean mi progreso, agradecido de no haber perdido todo, incluida mi cabeza.

Aun este microrrelato se titula "cuando vienen a verme" y no parezca que tiene sentido alguno, debo decir que todo esto, aunque resumido, es lo que se me pasa por la cabeza algunas veces el día antes de la visita y aunque cada vez con menos frecuencia sucede, no quería dejar de plasmarlo y mostrarlo a los demás para quien puede leerlo tenga el convencimiento y la ilusión de salir adelante.

A veces se necesita un poco de ayuda aunque no queramos o podamos verlo, es por eso que la confianza es muy importante, confianza en la familia y aunque no sea mi caso, confianza en menos expertas como la de un psicólogo. Yo, sin ayuda, creo que no hubiera salido de esta, aunque lo percibía, no podía salir de aquella espiral que me autodestruía.

A día de hoy no puedo estar más contento de quien soy y de como soy y de como soy con los demás, de la ilusión que tengo por salir y llevar a mis niñas al cole, a los columpios o al riachuelo (que les encanta). Tampoco puedo estar más contento que hoy mismo, porque hoy es "cuando vienen a verme" mis niñas. Nadie en el módulo sabe qué día tengo el vis a vis de convivencia pero lo intuyen por mi felicidad e inquietud en esa misma mañana.

"Cuando vienen a verme" bien podría estar en media del Sahara sin agua que sería el hombre más feliz de la tierra. Y es que cuando llega el día, el universo se para en seco y tan solo estamos ellas dos y yo corriendo para abrazarnos y besarnos. Sé que ellas sienten lo mismo porque me sueltan y parece que ese abrazo durase para siempre....

Pasamos las tres horas que dura jugando sin parar y corriendo y aunque acabo "baldado" me pasaría otras tres horas mínimo jugando… ¡¡ ya os cogeré pequeñajas!! Jajaja.

Aunque son los que más quiero, mis niñas, no puedo olvidarme de "cuando vienen a verme" mi madre o mis hermanos, porque siento lo mismo, la misma sensación y amor, una enorme gratitud. No dejan que pare de reírme en el rato que estoy con ellos, son lo más y nunca dejan de preguntarme si me hace falta algo que ellos me lo compran, no me falta de nada.

Ahora creo que empezareis a entender el título de este texto y por qué decidí hablar de esto. Y es que "cuando vienen a verme" siento que estoy haciendo bien las cosas y también me acuerdo de algunas mujeres que me ayudaron e impulsaron en este proceso y las cuales no quiero olvidarme aquí. Gracias señorita Arancha, aunque fruncías el ceño, desde el principio a mí no engañaste, eres una tía cojonuda. Gracias también a ti señorita Miriam, por hablar bien de mí cuando me hizo falta y gracias a ti señorita Lucía por permitirme entrar aquí y confiar. Gracias a tod@s!! Incluida tu señorita Rocío.

Escribo desde hace años canciones, pero nunca me había expresado así, esto es algo distinto que hice desde el más puro desahogo y de lo que estoy totalmente orgulloso.

**FRANCISCO CORDERO MUÑOZ**

*Cuando vienen a verme.*

## BÁRBARA GARCÍA MARTÍ

# EL COMIENZO DE UN VIAJE DE SUPERACIÓN

Las borrascas en mi pequeña ciudad natal, conocida como "La Perla del Mediterráneo", suelen ser determinantes para poder emprender un viaje, siendo un inconveniente cuando suspenden los barcos y no queda otra vía para poder trasladarse a la península.

Aun así, mi grupo de amigos y yo no perdimos la esperanza para realizar nuestro pequeño viaje. Solíamos llamarlo "viaje spress" de fin de semana.

Esa vez, siendo el destino, ni más ni menos, que a Sierra Nevada.

La excusa perfecta era la celebración de cumpleaños de uno de ellos. Un amigo de la universidad siendo más mayor que yo, pero igualmente de aventurero. Incluso, podría decir que realizar este viaje por su cumpleaños se convirtió ya en una tradición.

No fue el primero organizado a Sierra Nevada y solo tenemos buenas anécdotas de las últimas aventuras. Todos llenos de historias raras, pero, sobre todo, de muchas risas.

Así pues, era normal tener las mismas ilusiones, aunque las previsiones del clima cada vez eran peores y nefastas.

En realidad, la mejor parte era preparar la maleta. No se trata de cualquier viaje, ya que había que llevar los mejores "outfit" para esquiar, y me encontraba risueña al ver todos los posibles conjuntos.

Se trataba de un viaje planeado desde hace un mes y corríamos el riesgo de perder el dinero invertido si el tiempo decidía convertirse en nuestro enemigo.

Fue a las cuatro y cuarto de la mañana cuando mi despertador sonó para dar comienzo a nuestro camino. En ese momento, solo se podía coger un barco para afrontar la tempestad del estrecho y ahí estábamos mis amigos y yo, todos sin miedo enfrentándonos a los movimientos bruscos del oleaje.

Nuestra llegada al lugar de destino se atrasó hasta las diez de la noche y solo puedo recordar el camino oscuro de la montaña. Tres horas interminables en coche. Sumando la niebla densa que nos acechaba a medida que seguíamos subiendo y sin ninguna visión que nos asegurara que no había nieve o trozos de hielo en la carretera.

Todo esto, fue el inicio de cierta incertidumbre. Una sensación que empezó apoderarse de mí a desconfiar que la idea de viajar al final no haya sido una buena idea.

La llegada fue helada y cuando digo helada me refiero a sentir el frío atravesar bruscamente la piel. Nunca me había encontrado a menos cinco o seis grados. Puede que haya visto nevar en otras ocasiones anteriores, pero no se podía comparar con esa situación. Obviamente, era hermoso ver la fuerza del viento o ver los copos de nieve caer a gran cantidad.

La naturaleza era totalmente salvaje y libre.

La incertidumbre empezó a desvanecerse un poco cuando al día siguiente suspendieron las pistas, ya que el temporal había congelado las piezas de las telecabinas y la ventisca ocupaba la mayor parte de la montaña. Esto era temporalmente y fue el motivo perfecto para buscar otros entretenimientos, como ir a jugar a los bolos.

La mañana del Domingo fue totalmente despejada y, desde nuestras ventanas, las vistas eran impresionantes. No podría describir con palabras exactas la forma que el color blanco de la nieve pintaba todo tan bonito.

Estábamos seguros que en ese último día sí tendríamos la oportunidad de esquiar y sería la primera vez que lo haríamos con la tabla del "snow". De hecho, las ganas no impedían esperar las cuatro horas de cola para subir a lo más alto.

Sin embargo, los comentarios de la gente a mi alrededor respecto al clima solo hacían que me sintiera más incómoda y, por lo tanto, la calma, que sentí al principio del día, empezó a convertirse otra vez en inquietud.

¿Por qué los nervios de mi cuerpo estaban alertas?

En principio, la tardanza se debía al cambio de una pieza. Las telecabinas estaban en un estado crítico debido a las bajas temperaturas de la noche. A todo esto, las previsiones del tiempo en la zona anticipaban nuevamente mal tiempo.

No solo eran murmuraciones ya que, desde mi posición, podía ver a lo lejos una niebla acercarse rápidamente. Atravesaba los picos de las montañas y bajaba hacía nosotros como si tuviera vida propia. Parecía que el viento se había enfadado y ayudaba a la niebla atravesar todo lo que se podía encontrar de frente.

A pesar de esto, solo dos pistas abrieron y la aglomeración de gente trasmitía euforia al saber que por fin podían subir. ¿Acaso solo yo podía ver lo que se avecindaba?

Mientras esquiábamos, no había pasado ni una hora cuando la niebla ya nos había cogido. Al principio podíamos ver a la gente a nuestro alrededor. Desde personas mayores a monitores con grupos de niños y parejas. Todos sin miedo ni preocupación. Sin embargo, mis pulsaciones solo me sugerían huir.

Por tal de no separarme del grupo, los acompañé a la pista más larga y mientras subíamos con el telesilla más y más arriba, la visión era cada vez peor. Difícilmente se podía apreciar el llano o el final de la pista y solo recuerdo ver a mis amigos cerca de mí y sombras humanas lanzarse cuesta abajo.

La niebla venía acompañada de más frío. Una ventisca muy fuerte impedía que pudiera mantener la tabla entre los brazos. El miedo me paralizó. Fue la primera vez que me veía en medio de un huracán. Sabía que mis amigos se lanzarían y yo podría acabar perdiéndoles de vistas. Esa idea solo hizo que me nublara y no fuera posible avanzar.

Acabé por iniciar la bajada andando mientras que las personas a mi alrededor desaparecían por culpa de la neblina. Me encontraba totalmente sola en medio de la nada y las distintas capas de ropa no sirvieron de mucho para evitar que la ventisca calara la piel. Incluso el fuerte viento dañaba la piel.

Podía sentir las lágrimas salir de mis ojos hasta fundirse con la piel mojada de mi cara. La fuerza de la naturaleza me tenía atrapada y la única solución era seguir bajando.

No fue hasta veinte minutos después cuando pude visualizar un grupo de personas bajando también la montaña. Parecían encontrarse en la misma situación y no dudé en correr hacia ellos. Fueron mi bote de salvavidas y la esperanza de volver a ver a mis amigos.

El viaje acabó con una buena cena junto a mis amigos y fue suficiente para poder olvidar la mala experiencia. No sería la primera anécdota que nos quedará para contar en un futuro entre risas. Aunque algo de mí si se quedó en esa cima.

A la vuelta en coche sufría una gran decepción conmigo misma, sobre todo, porque no me gustaba la sensación de haberme dejado superar por el pánico. De algún modo, sentía que el verdadero viaje estaba comenzando ahora, hacia mi yo interior, porque quería comprender la causa y el verdadero origen de mis miedos. Por ello, solo podía pensar en la siguiente fecha de viaje a la sierra.

Se dice que la Fe mueve montañas y pienso que si juntamos la motivación con la Fe tendríamos éxito en todo lo que nos propongamos en la vida. Estos dos conceptos son características que me definen y la literatura empezó siendo un hobbie para expresar mi día a día y mis emociones. Decidí salir al mundo como un reto y poder desafiar mi potencial. Es

*El comienzo de un viaje de superación.*

la primera vez que participo en un concurso y lo hago con toda la ilusión en ver hasta dónde pueden llegar mis palabras.

**BÁRBARA GARCÍA MARTÍ**

## JOSÉ MANUEL FERNÁNDEZ AHUMADA

# EL ROSTRO DE LA RESILIENCIA

Los inviernos implacables de Dniprópetrovsk, con su manto de frío que parecía esculpir el paisaje y los destinos, forjaron el temple de Vasyl Pichnenko desde sus primeros cuatro años de vida. La crudeza del clima se fusionaba con la crudeza de la vida misma en una época marcada por la decadencia soviética. Niño de la desventura, enfrentó la orfandad y la lucha constante de una madre soltera, cuyos esfuerzos cotidianos se convertían en hazañas épicas en la batalla por la supervivencia.

Entre las sombras de la desventura, Vasyl forjó una resiliencia que se convertiría en el pilar de su existencia. En medio de la penuria, cultivó una envidia singular: la envidia positiva. En lugar de dejar que el resentimiento por las familias ajenas lo devorara, hallaba consuelo en su propia fortuna, trazando así los primeros capítulos de su viaje resiliente. Comprendía que la furia no cambiaría su destino; prefería apreciar los destellos de generosidad que, de vez en cuando, iluminaban su senda.

Estos actos de bondad tejieron el tesoro de Vasyl, un cofre de recuerdos que se volvería su ancla en las tormentas. Un simple vaso de leche, tesoro en la Ucrania soviética, no solo representaba sustento; encarnaba la bondad de una anciana que lo cobijó en un crudo invierno.

Este gesto alimentó la esperanza de Vasyl, revelándole el poder latente en la resiliencia.

Enfrentando los desafíos de la vida en la calle, los encuentros con almas generosas continuaron moldeando su perspectiva. La generosidad inesperada de un anciano le proporcionó lo esencial para la escuela, destacando la creencia de Vasyl de que, a veces, en medio de la adversidad, afloran momentos positivos de manera inopinada.

Motivado por el deseo de escapar de las penurias de la calle, Vasyl se volcó al deporte. Boxeo, atletismo, cross—country, kayak, karate: abrazó cada disciplina para forjar su fortaleza física y mental. El establecimiento de metas se convirtió en su brújula para edificar resiliencia, llevándolo de las calles al Ejército Ucraniano.

La carrera militar de Vasyl se desenvolvió con éxito notable, superando obstáculos con su enfoque, determinación y la resiliencia que fluía en sus venas. Desde Teniente hasta Comandante de Batallón en la Brigada Aerotransportada, su viaje lo llevó a experiencias internacionales, incluida una misión en Sudán, que ampliaron sus horizontes sin desdibujar sus raíces.

De vuelta en Ucrania, Vasyl decidió saldar cuentas con el destino, fundando un "club de lucha" para niños desfavorecidos. Su entrega fue más allá del entrenamiento físico; aspiraba a brindar una educación ausente en las escuelas y las calles. Inculcó resiliencia en estos niños, enseñándoles a luchar contra sus enemigos internos: la pereza, la ira y la indisciplina.

Pero la guerra trajo nuevas encrucijadas para Vasyl. En la primera línea en Donetsk, liderando a un equipo móvil, reconoció los desafíos de soldados sin experiencia. La confianza fue el primer regalo a sus hombres, y el entrenamiento práctico construyó las habilidades que alimentaron la resiliencia. El equipo de Vasyl se erigió como una de las fuerzas más resilientes de Ucrania, logrando victorias que desafiaban cualquier pronóstico.

Pero la narrativa se torna más sombría. En el fatídico 2022, un IED se cruzó en su camino durante combate. La explosión truncó la vida de Vasyl, arrebatándonos a un guerrero cuya resiliencia encendía la esperanza. Haber compartido tres años en Turquía destinados juntos fue un honor, y verlo trabajar por la paz de su país en Ucrania fue un tributo a su valía.

En este relato, no puedo omitir un detalle que sella nuestra amistad: Vasyl me confió su Biblia personal, un acto que resuena como un pacto de confianza y hermandad. La memoria de Vasyl no morirá jamás; su legado resonará como un eco eterno de coraje y resiliencia en la bruma de la historia. Y en un mundo donde algunos oyen hablar de héroes, puedo decir que conocí a uno.

Alcanzó la jerarquía de Coronel antes de su partida el 6 de junio, dejando tras de sí esposa y dos hijos, pero lo más importante, un legado de valentía y resiliencia que perdurará en la memoria de aquellos afortunados que lo llamaron amigo.

La sabiduría que aprendí de Vasyl nunca morirá; está grabada en lo más profundo de mí ser. A pesar de enfrentar innumerables desafíos, él nunca albergó odio en su corazón. En lugar de eso, defendió con valentía su hogar y su familia, y esa determinación es la que ahora se refleja en mí cada día. La fotografía que descansa al lado de mi cama, donde aparecemos juntos, es un tesoro que guardo con cariño. Cada vez que la miro, me recuerda lo afortunado que fui de conocerlo y de compartir tres años que jamás olvidaré. Recuerdo una experiencia especialmente emotiva: durante una noche en el frente, cuando la incertidumbre y el peligro parecían abrumarnos, Vasyl se acercó a mí con una sonrisa tranquila y colocó su mano en mi hombro. Sin decir una palabra, su gesto transmitió una sensación de calma y fortaleza que me reconfortó en los momentos más oscuros. Ahora, mientras escribo estas palabras, siento su presencia a mi lado, como un faro de esperanza en medio de la tormenta.

Aunque Vasyl haya partido físicamente, su ausencia física se ve eclipsada por la eternidad de su espíritu, que persiste como un faro de esperanza en los rincones más profundos de nuestros corazones. La memoria de sus risas, sus gestos de bondad y su inquebrantable determinación se entrelazan en el tejido mismo de nuestras vidas, recordándonos constantemente el impacto perdurable que dejó en cada uno de nosotros.

En los recovecos de mi ser, siento la certeza reconfortante de que nuestro encuentro trascenderá las fronteras del tiempo y el espacio. Quizás no en esta vida, pero en algún plano de existencia más allá de nuestra comprensión terrenal, nuestros caminos se cruzarán de nuevo. Y cuando ese momento llegue, sé que será como un encuentro entre viejos amigos que se reencuentran después de una larga travesía, con la alegría y el cariño que solo el tiempo puede profundizar.

El legado de Vasyl es más que una simple huella en el mundo; es un legado de amor incondicional, valentía inquebrantable y resiliencia indomable que continúa resonando en cada uno de nosotros que tuvimos el privilegio de cruzar nuestros senderos con el suyo. Cada lección que nos enseñó, cada acto de bondad que realizó, sigue brillando como estrellas guías en el firmamento de nuestras vidas, recordándonos la belleza y la importancia de vivir con compasión y coraje.

En cada amanecer y en cada crepúsculo, llevamos con nosotros el peso de su legado, sintiendo su presencia reconfortante en los momentos de incertidumbre y desafío. Su memoria es un faro de luz en medio de la oscuridad, recordándonos que, incluso en los momentos más difíciles, siempre hay esperanza y fuerza para seguir adelante.

Así que mientras continuamos nuestro viaje por esta vida, llevamos con nosotros el fuego sagrado que encendió Vasyl en nuestros corazones: el fuego del amor, la valentía y la resiliencia. Con cada paso que damos, con cada decisión que tomamos, honramos su legado y mantenemos viva su memoria, sabiendo que, en última instancia, somos testigos vivientes de su eterno legado de humanidad y bondad. Y en ese conocimiento, encontramos consuelo y fortaleza para enfrentar los desafíos que el mañana pueda traer.

## *SLAVA* UKRAYINI, GLORIA A UCRANIA !!!

Lo que me impulsó a escribir este relato es mi amor incondicional hacia alguien a quien quería profundamente y que echo mucho de menos cada día. Quiero compartir la historia de Vasyl con el mundo, honrando su valentía y resiliencia. Ganar este premio sería una gran alegría, ya que el dinero iría directamente a su esposa María y a sus dos hijos, quienes lo necesitan ahora más que nunca. No encuentro una mejor manera de honrar su memoria que ayudar a su familia a seguir adelante. Cuando alguien como Vasyl muere, una parte de nosotros se va con él, pero su legado perdura en cada uno de nosotros que tuvimos el privilegio de conocerlo.

**JOSÉ MANUEL FERNÁNDEZ AHUMADA**

**KAUZAR MUSTAFA BEN HATTAL**

# EL TRIGAL

Caminábamos tranquilamente. Aún no había amanecido. La fría humedad entumecía mis delicados pies. No sabía ni a dónde marchábamos ni de dónde procedíamos. Además, me sentía bastante exhausta. Levanté la vista del suelo y miré a mi hermano. Una capa de sudor perlaba su frente. Yo notaba su cansancio y agitación por algo que no paraba de atacar sus nervios constantemente. Abrí la boca con la intención de formular una pregunta, pero no me atrevía. Ya lo había intentado antes, en vano. Me armé de valor una vez más y le pregunté. Se detuvo bruscamente, parecía perplejo por mi voz. Relajó su compostura y me dedicó una sonrisa fraternal. «Tenemos que llegar al trigal antes de que amanezca», dijo. «Allí yace el guardián como bien indicaban las historias que nos contaban. Supongo que él nos protegerá». Calló de repente y proseguimos con nuestro camino. Me hubiese gustado que hubiese desarrollado más su respuesta; sin embargo, no creí que fuese el momento oportuno. Lo seguí obedientemente aunque a nuestras espaldas se formaba un aura vil que estaba a punto pisarnos los talones.

Busqué maneras de entretenerme, así que decidí observar un poco nuestro entorno. El sendero era bastante sinuoso y la enorme cantidad de piedras del suelo nos hería y eso ralentizaba nuestro paso. A nuestro alrededor, todo estaba cubierto de pasto seco, sin ningún rastro de este supuesto trigal. ¿No se estará confundiendo mi hermano de ubicación? El cielo, en cambio, era más agradable. Se encontraba límpido y un mar de brillantes estrellas lo decoraba con elegancia. La curvada luna, a lo lejos, nos sonreía tímidamente con su cándido resplandor.

Cuando sentí que mi hermano apretaba mi mano con más fiereza que antes, retomé mi foco de visión hacia adelante para detectar en el horizonte los primeros destellos dorados indicando un inminente amanecer. En ese mismo instante, sentí el verdadero terror. Me giré para observar con claridad cómo una niebla grisácea se nos acercaba rápidamente con ganas de engullirnos. Mi hermano, embrujado por su presencia, clavó su mirada en ella. Tiré de él para sacarlo de su ensimismamiento. Al recobrar sus sentidos, corrimos tanto como pudimos. Gotas gélidas de rocío recorrían mi piel, estimulando mi miedo.

Deseaba ardientemente que algo o alguien nos ayudara. No recordaba mi pasado en absoluto, pero deseaba fervientemente un futuro lejos de cualquier amenaza externa. Tras pensar en esto, ante nosotros se desplegaba mágicamente un vasto manto de radiante matiz amarillo ceniza. Por un segundo, no pudimos creerlo en su totalidad mientras manteníamos nuestra convulsa marcha. En un abrir y cerrar de ojos, estábamos frente al trigal. Todas nuestras perversas preocupaciones fueron ofuscadas por la gran euforia y seguridad que tiernamente brindaban las miles de espigas de trigo ondeadas por la brisa matutina. Por tanto, nos adentramos en el trigal, sin prestar la suficiente atención para notar que algo nos observaba fijamente con dos enormes ojos negros desde la distancia. Más tarde, descubriría yo que se trataba de un mero ruiseñor.

Nuestros pálidos rostros permanecieron jubilosos mientras andábamos más relajados que nunca. Una duda pasó como un relámpago por mi mente: ¿cómo hallaríamos al guardián desconociendo por completo su apariencia? Se la formulé a mi hermano sin aspavientos. A este se le ensombreció rápidamente el semblante y simplemente se encogió de hombros, dándole nula importancia. Era evidente que no tenía la más remota idea de su localización o de su aspecto; por ende, nos pusimos a deambular sin destino fijo en silencio.

Tras pasar bastante tiempo, la figura de una persona se distinguía a la perfección. Se lo señalé a mi hermano que iba cabizbajo y preocupado por nuestra situación. Dejó a un lado su actitud huraña y nos dirigimos hacia aquella silueta con resolución y arrojo para poder alcanzarla sin problemas. Cuando parecía que pronto llegaríamos, una voz surgió de la nada, provocando que nos detuviéramos en seco. «No sigáis por ahí: terminaréis cayendo por el acantilado. Esa persona que veis es un espantapájaros ilusorio» dijo apresuradamente esa misma voz. Al darnos la vuelta, pudimos discernir a un apuesto hombre. Su cabello era de brillante color azabache que le alcanzaba hasta el hombro. Su macilenta tez mostraba signos de cansancio, pero sin perder el toque de ternura. Vestía un oscuro abrigo con un «H.C.» grabado en la zona pectoral izquierda. Llenos de estupefacción, nos quedamos absortos observándolo. Nos dedicó una afectuosa sonrisa y se presentó como el guardián de este inmenso trigal. Nunca pronunció su nombre aunque se lo habíamos insinuado en repetidas ocasiones, alentando una singular atmósfera de misterio en torno a él.

Nos pidió que lo siguiéramos y eso hicimos. Me pareció bastante extraño que no inquiriera sobre nuestra procedencia ni nada por el estilo. Supuse que ya estaría más que acostumbrado a hallar niños perdidos. Como si hubiera estado leyendo mis pensamientos, me preguntó mi nombre. Iba a responder, encantada de entablar por fin una conversación. Asimismo, se trataba de una sencilla pregunta que no requería profundización, pero nada salía por mi boca. ¿Cómo me llamo? Quién pudiera imaginar que llegaría tan pronto ese preciso momento en el que uno olvidaría su propio nombre, ese nombre que me fue designado para honrarlo como una condecoración. Mi hermano parecía estar en la misma tesitura que yo. ¿Cómo era posible que lo recuerde a él como mi hermano? El guardián notó nuestra genuina confusión y, apenado, nos recomendó que hiciéramos caso omiso a su pregunta. ¿Por qué? Ojalá hubiera tenido las agallas suficientes para lanzarle mi incertidumbre a la cara a pesar de la evidente melancolía que le invadía mi desconocimiento. Reanudó su camino para conducirnos a la salida. Entretanto, arranqué una espiga y me puse a inspeccionarla con rigurosa minuciosidad. Los diminutos granos estaban situados en su lugar correspondiente. Enarqué una ceja ante el descubrimiento de ninguna característica novedosa. Exhalé un desalentador suspiro.

No tenía pinta de que fuéramos a abandonar el trigal en breves. El guardián tampoco volvió a hablar. Simplemente, lo acompañábamos callados. El terror ya había pasado. Numerosos pájaros castaños que nos sobrevolaban gorjeaban sin cesar. El guardián paró bruscamente, contempló el agradable cielo mañanero y fijó una nostálgica mirada en nosotros. ≪A partir de aquí debéis proseguir solos. Id con cuidado y nunca dejéis de vivir≫ dijo esto y desapareció de nuestra vista para siempre. Sus palabras nos habían dejado mudos. Ni siquiera tuvimos tiempo de agradecerle por su protección y benevolencia porque nosotros también nos desvanecimos. Cuando quise darme cuenta, ya habíamos perdido el conocimiento.

Abrí los ojos. Veía un techo liso y blanco, oscurecido por la noche. Olía a suero y a lejía. Me dolía la cabeza con intensidad y no podía girar mucho el cuello: algo me lo impedía. Una máscara cubría mi nariz y mi boca, proporcionándome bastante oxígeno. A mi lado se encontraba una pantalla en la que no cesaba la monótona secuencia de pitidos indicando mis vitales. Con todo esto llegué a la obvia conclusión de que estaba en el hospital. ¿Fue todo un sueño? No recordaba cómo acabé así de tullida ni dónde se localizaba mi hermano… ¿Tenía hermano? Los primeros signos del albor iluminaban paulatinamente el cuarto cuando percibí que me aferraba a algo con mi mano. Era la espiga de trigo que, al examinarlo otra vez con detenimiento, continuaba igual que siempre. Llegados a este punto, finalizo mi relato siendo este tallo el último recuerdo tangible que permanecería conmigo y que yo la atesoraría como única prueba de la existencia del guardián entre el trigal.

No tengo mucha experiencia en el mundo de la escritura, puesto que empecé este año 2024. Sin embargo, mi afición a la lectura se remonta mucho tiempo atrás y esto es lo que me impulsó a escribir.

Para la composición de este relato, me he inspirado en *El guardián entre el centeno*, en ese momento mágico de la noche donde se desarrolla una íntima conversación entre Holden Caulfield y su hermana pequeña, Phoebe.

**KAUZAR MUSTAFA BEN HATTAL**

JORGE RUIZ LEÓN

# EL VALLE DEL MANZANO DEL HOMBRE MUERTO

**A**quella tarde, el grupo de amigos fotógrafos quedó en volver a reunirse después del verano. Como siempre aprovecharían para hacer fotos durante las vacaciones y luego, al regresar, pasar un rato en el bar del barrio, donde tomaban un café o un vino, según la hora, aprovechar para charlar de sus vacaciones y comentar las fotos que habían tomado. La fotografía los mantenía conectados e incluso montaban pequeñas exposiciones de temática variada, aunque Ramiro se había "especializado" en hacer fotografías en el medio natural, sus compañeros eran más urbanitas.

Ramiro advirtió que él tenía previsto un viaje en otoño, así que no llevaría fotografías, salvo que pospusieran el encuentro a su vuelta, ya avanzado el otoño. No quedaron en encontrarse en ninguna fecha concreta, como siempre, la informalidad era una característica del grupo. Así que se despidieron hasta la vuelta de las vacaciones de la mayoría.

Ese año Ramiro decidió tomar las vacaciones en otoño para poder visitar el valle del río Lento, porque en esa época era cuando más hacía gala de su nombre, cuando más lento discurría, lo que producía unos reflejos casi imposibles de imaginar si no se presenciaban, reflejos que mezclaban la visión del lecho rocoso y los de la pared escarpada que escoltaban al río durante un largo tramo por su ribera norte. Además, disfrutaría de la tranquilidad que queda después de la época de aglomeraciones durante las vacaciones de la mayoría de la gente.

Llegó el inicio de sus ansiadas vacaciones, preparó un escueto equipaje en el que incluyó ropa y calzado apropiados para caminar por el monte y algo de ropa de diario para cuando no estuviera campeando y haciendo fotos, ir a los pueblos cercanos de visita y a la capital a revelar las fotos y a comer al restaurante que le gustaba. Él ya conocía la zona, el cuartel general lo instalaría en el pueblo de sus abuelos maternos, Llanos del Río, donde pasó algunos veranos en su infancia, estaba bien situado en la comarca del río y no muy lejos de la capital. Allí disponía de una vivienda que su familia había heredado y de la que finalmente él se había hecho cargo, con vistas a tener un alojamiento para sus visitas a la zona. Así, aquel domingo por la tarde llegó a aquella casa que le acogería durante aquellas vacaciones.

A la mañana siguiente Ramiro cogió su mochila, su cámara y las metió en el coche, arrancó y salió del pueblo por la carretera de Villabuena, allí se adentró en la comarcal que recorría la ribera sur del río, casi hasta la falda de la montaña que hacía de parapeto al río Lento, las aldeas se comunicaban por caminos y senderos por donde sólo caminaban a gusto las bestias, sus habitantes y algún infrecuente excursionista. Él, de momento no quería llegar hasta el final de la carretera, los remansos que quería fotografiar estaban a unos pocos kilómetros del final del valle y si se adentraba hasta allí el río venía todavía vigoroso, muy cantarín y bastante revuelto, cosa que no le interesaba para tomar sus fotos. Al llegar al cruce de Las Retamas tomó un desvío para poder dejar el coche en un lugar donde no estorbara, el resto ya lo haría caminando. Salió del coche, miró hacia la cara norte del valle, hacia donde estaban los remansos, localizó la buitrera por el revoloteo quedo de una veintena de buitres, se orientó, cogió la mochila y su cámara y echó a andar. En poco menos de una hora llegó a la parte final, donde el camino desaparecía y se mimetizaba con una pradera, salpicada por algún que otro roquedal y que se iba transformando en un humedal que indicaba la cercanía del río y los ansiados remansos. La orientación no era problema, los buitres seguían haciendo sus idas y venidas a su buitrera que colgaba prácticamente en el centro de los remansos.

Ya junto al río sólo tuvo que avanzar en paralelo al cauce, que sin apenas percibirse avanzaba tan lentamente que las aguas superficiales no se movían. Los remansos eran espejos que reflejaban la pared rocosa que escoltaba la orilla norte del río: ¡Lo que había venido a buscar! Hizo varias fotos en cuanto estuvo cerca de la orilla y luego comenzó a caminar buscando diferentes encuadres, dejó pasar el tiempo y que el sol se fuera levantando un poco más para probar con distintas luces y reflejos, incluso algún pajarillo le sirvió de protagonista inesperado en alguna de las tomas. La mañana se esfumó rápidamente y decidió regresar, tenía hambre y no pensaba pasar allí todo el día. Volvería al día siguiente por la tarde, quería hacer unas fotos con las últimas luces del día, con esos tonos anaranjados que cambiaban hasta el color de la pared de la montaña y que hacían que los remansos parecieran cráteres de volcanes amenazando con expulsar su incandescente lava. Regresó por el mismo camino, buscó el coche y se dirigió a Las Retamas, un pequeño pueblo donde recordaba una fonda a la que iba de pequeño. Allí comió un menú casero de los que reconfortan la barriga y el espíritu.

Al salir, un anciano que decía haber sido pastor y conocer la zona, le estuvo interrogando con curiosidad, al verlo con la cámara de fotos, aunque más que interrogarlo fue el anciano quien le contó una rara y vieja historia sobre un terremoto que había cambiado la fisonomía de la montaña y el verdadero nacimiento del río Lento. Con esta compañía llegó hasta el coche donde se despidió de aquel extraño hombre. Antes de arrancar el motor se recostó un poco en el asiento y el sueño se apoderó de él, era la hora de la siesta y con la exquisita comida que había ingerido y el vaso de vino fue inevitable dejarse poseer por aquel agradable sueño. A la media hora despertó Ramiro con la sensación de haber dormido profundamente y haber soñado con una montaña que se levantaba sobre un valle que se quedaba aislado y oculto.

De vuelta a la casa, que sería su hogar durante estas vacaciones, estuvo ordenando las notas de las fotografías que había tomado y preparando la excursión del día siguiente.

Al levantarse a la mañana siguiente, organizó mentalmente el plan del día, desayunó un café y una tostada en el bar de Matías y se dirigió al mercado donde compró embutidos y pan en un puesto de ultramarinos y en el puesto de frutas, lo que más le llamó la atención fueron unas manzanas pequeñas, de un tímido rojo tirando a rosáceo lo que sumado a la recomendación insistente de la frutera hizo que comprara medio kilo. Incluso antes de pagar ya se comió una y en cuanto salió del mercado se fue a buscar el coche y partió a su destino.

Esta vez condujo directamente a Las Retamas, por allí, sin entrar en el pueblo, buscó un camino que le acercara un poco más al río y donde pudiera dejar el coche. Encontró un rellano junto a una arboleda que además hacía de parapeto. No es que quisiera ocultar el coche, pero le gustó el sitio y aparcó allí.

Durante el camino hacia el río, sin prisa, estuvo vagando de aquí para allá, sin perder de vista su objetivo y haciendo tiempo para que el atardecer llegara. Paró junto a un castaño que daba algo de sombra, para descansar un poco y comer lo que había traído, tenía hambre y el bocadillo le supo a poco, así que siguió con las manzanas y devoró las tres que le quedaban, sin dejar nada más que el vástago, se recostó reconfortado y se quedó profundamente dormido.

Un trueno en su sueño anunciaba una violenta tormenta, el anciano del día anterior le hablaba sobre un terremoto y montañas que se movían, pero el trueno no solo era en su sueño. El estruendo lo despertó y vio como el cielo se estaba oscureciendo, se levantó y se puso en marcha en busca del remanso más cercano a la pared rocosa, donde mejor se reflejaría el sol. Afortunadamente, por el oeste no había nubes aún y el sol se podría ver hasta que se ocultara, al menos eso deseaba Ramiro. Empezó a hacer fotos al caer la tarde y captó los primeros reflejos anaranjados que la pared proyectaba en el río. Al enfocar la escarpada pared con el teleobjetivo descubrió un sendero que subía casi hasta la cima y pensó que sería un buen lugar para hacer fotos más impresionantes aún, con otra perspectiva, así que buscó un paso en el río fácil de vadear, se dirigió al sendero y empezó a subir con algo de dificultad. Al alcanzar cierta altura se detuvo en una pequeña repisa desde la que pudo captar los últimos reflejos, ya rojizos, sobre el lecho del río. Ya eran los últimos reflejos que iba a poder captar antes de iniciar la bajada, el cielo se había cubierto de gris y además anochecía, pero repentinamente empezó una tormenta que había amenazado tímidamente con presentarse y a la que Ramiro no había hecho mucho caso, pero que finalmente llegó con fuerza.

Ramiro intentó bajar, pero la lluvia y la oscuridad lo hacían difícil. Sacó su linterna y buscó refugio alrededor para guarecerse de la lluvia en vez de emprender una peligrosa bajada, hasta que le pareció ver un poco más arriba otra repisa que estaba cubierta por un saliente y le ofrecería el refugio que ansiaba. Trepó con cuidado, dos o tres pasos, hasta allí y descubrió que aquello era una cueva, enfocó con la linterna hacia el interior descubriendo una estancia amplia y que algo de claridad entraba por un recodo del fondo. La curiosidad lo llevó allí, al fondo de la cueva y comprobó que un pasadizo bajaba hacia lo que él creía el final de aquel antro. Caminó por allí, descubrió unas aberturas por las que vio, con algo de dificultad debido a la oscuridad, un valle amplio donde nacía un río tal y como le contó aquel pastor. El pasadizo continuaba y el siguió con la esperanza de que le diera acceso a aquel misterioso lugar. Al siguiente recodo descubrió una abertura, de no fácil acceso, por la que se accedía a aquel valle. Para poder pasar se tuvo que quitar la mochila, de manera que le fuera más fácil hacer las contorsiones que aquel paso le obligaba, sacando primero una pierna, luego medio cuerpo y por último la otra pierna y el otro brazo, en el que llevaba la mochila y de la que tuvo que tirar con fuerza al quedársele enganchada en algo que Ramiro no pudo identificar. Eso le hizo desequilibrarse y aterrizar en un sendero sinuoso, de forma peligrosa, ya que la pendiente lo arrastraba vertiginosamente, sintió un pequeño mareo que le hizo tropezar de nuevo, sin que esta vez pudiera permanecer sobre sus piernas, rodando sin control y chocando con piedras y árboles que lo iban dejando cada vez más aturdido. Al llegar abajo, o al menos eso creyó, le pareció que un golpe en la barriga con algo puntiagudo le había hecho bastante daño, cuando se pudo incorporar notó que, efectivamente le sangraba la zona del estómago, se sintió débil y buscó agua en su cantimplora, pero la encontró vacía. Desesperado se dirigió al río que había descubierto e intentar beber, pero no pudo llegar, la orilla era inaccesible y más con su debilidad, quedó medio atrapado en el suelo fangoso, y allí caído empezó a perder el conocimiento.

Al cabo de un rato espabiló un poco, la humedad del suelo le había mojado la cara y pudo abrir los ojos para ver, o eso creía, que unos buitres lo rodeaban. Se medio incorporó para espantarlos, llegó a ponerse de rodillas y volver a caer, ahora, de espaldas. Los buitres empezaron a picotearle la herida del abdomen, haciendo que el intenso dolor lo reanimara lo suficiente para gritarle a los buitres y espantarlos a base de manotazos al aire que daba mientras se incorporaba en busca de algún refugio que lo pusiera a salvo de la lluvia, el frío, aquel humedal y los hambrientos buitres, pero solo pudo llegar a una zona más seca y algo rocosa, para caer entre dos grandes piedras, boca abajo, dando las últimas bocanadas mientras arreciaba la tormenta y la lluvia se tornaba en fina nieve que cubriría el valle durante unos días.

Allí quedó Ramiro, picoteado por los buitres antes de que lo cubriera la nieve permitiendo que las semillas de las manzanas que había comido cayeran de su estómago al blando y húmedo suelo y dar vida a un brote que se abriría paso por su consumido cuerpo a lo largo de los años en aquel oculto lugar.

Aficionado tardío a escribir, antes más propenso a hacer anotaciones de ideas o de ocurrencias que se me presentaban y que me guardaba para mí.

La idea de una conexión humanidad-naturaleza permanente, por no decir que somos un "todo", me llevaron a crear este relato.

**JORGE RUIZ LEÓN**

**PABLO MÁRQUEZ TABOADA**

# ENTRE SOMBRAS Y CLARIDADES

En el rincón más recóndito de nuestro ser, donde la mente se convierte en un teatro de sombras y luces, la voz crítica despierta su murmullo constante. Es un eco que reverbera por los pasillos internos, como un maestro antiguo que nos guía por el intrincado laberinto de comparaciones. Cada palabra pronunciada por esta presencia interna se convierte en una vara de medir, una herramienta con la que evaluamos nuestra existencia y que nos conduce hacia una danza en la que cada paso parece ser una medida arbitraria entre lo que somos y lo que creemos que deberíamos ser.

Cuando crecemos y el tiempo se estira como un lienzo en blanco, nos vemos arrastrados hacia la inevitabilidad de compararnos con los demás. Es un rito de paso, una exploración inquieta de nuestras propias medidas en el vasto escenario de la vida. En este proceso, las comparaciones se convierten en espejos deformados que reflejan una imagen distorsionada de nosotros mismos. La perspectiva que cobra relevancia, entre las muchas que caben en nuestra mente, se manifiestan con el paso del tiempo y con las experiencias acumuladas, a medida que maduramos, nos volvemos más individuales y únicos, nos convertimos en seres subjetivos, las líneas de nuestras vidas crean una trama personal que se torna menos maleable a las comparaciones. Este viaje simbólico es como abandonar una mansión gobernada por el gran tirano rey y sumergirse de cabeza en el caos del Ser. Cada desafío y descubrimiento en este laberinto de autodescubrimiento se convierte en un peldaño hacia la transformación.

Creemos conocer nuestra identidad, pero nos tambaleamos al tratar de trazar el camino de nuestras acciones y establecer límites. La complejidad de cuánto debemos sacrificar por otras personas se convierte en un dilema que nos desafía a sopesar el peso de la generosidad frente al posible resentimiento. Es un dilema que resuena en la sinfonía de nuestras relaciones, donde las armonías y los desacordes crean una melodía única.

Como seres regidos por una naturaleza que a veces nos dicta y otras veces nos desafía, llega el momento inevitable de la rebelión. Es el momento en el que decidimos desafiar las imposiciones internas y explorar nuestro propio camino, forjando nuestra identidad de manera consciente.

Tras años perdido en los pliegues del tiempo, después de haber resurgido de mis cenizas relato mi historia, una narración íntima sobre la vivencia de uno mismo, la libertad y la coacción.

Entre los bares más tumultuosos de la ciudad, entre callejones polvorientos y vidas desgastadas, la mirada perdida y el alma inquieta, me hallaba anhelando redimirme. Mi casa, más un mural de cicatrices que de paredes, escondía secretos entre susurros y miradas apáticas. Llevaba sobre mis hombros las marcas de un pasado deplorable, con ojos como ventanas al abismo, reflejando tormentas internas, tatuajes de rebeldía que marcaban una historia escrita en las cicatrices de mi piel.

Entre conflictos familiares, hallaba refugio en la poesía. En la penumbra de mi habitación, plasmaba demonios en versos clandestinos, fabricando puentes entre mi realidad y la esperanza que anhelaba.

Entre libros y monólogos monomaníacos, descubrí la belleza de la transformación. La superación se convirtió en mi herramienta de redención.

Con cada experiencia esculpía mi propia senda hacia la resurrección. Así, en el oscuro escenario de mi existencia, emergí como el poeta de mi renacimiento.

Podría decirse que en las primeras páginas de mi existencia, la noción de libertad parecía un concepto lejano, atrapado en las estructuras predefinidas de las expectativas ajenas. Cada paso, cada elección, estaba predestinado por las influencias externas, sin embargo, en algún rincón de mi ser, un anhelo secreto clamaba por la libertad, una libertad que trascendiera las limitaciones impuestas.

El despertar llegó como un susurro en la brisa, fue entonces cuando emprendí el viaje hacia la emancipación, rompiendo las cadenas invisibles que me ataban a las expectativas, sin embargo, la libertad no es un terreno exento de desafíos.

En la encrucijada de elecciones y decisiones, la coacción se alza como una sombra persistente. A veces, la coacción se disfraza de deberes autoimpuestos, como grilletes sutiles que atan la autonomía. En otras ocasiones, se presenta como la presión social, una fuerza invisible que busca moldear las acciones según las expectativas externas.

Cada elección es un acto de equilibrio, entre el deseo de explorar la libertad plena y la realidad de las fuerzas coercitivas que actúan sobre mí.

Mi historia es un cúmulo complejo de experiencias. Tardé muchos años en darme cuenta que la libertad y la coacción son dos caras de la misma moneda, os pongo un ejemplo, imaginaos un telar tejido con los hilos de la revelación ética religiosa, desafiando la posesión y la dominación absoluta en las sociedades jerárquicas y esclavistas que un día imperaron. Las enseñanzas cristianas resuenan como un eco liberador, quebrando las cadenas morales impuestas por las élites. Con una claridad deslumbrante, proclaman que incluso el individuo más humilde posee derechos sagrados, desafiando la supuesta superioridad moral de reyes y aristócratas sobre el pueblo común, donde el cristianismo se alza como faro ético, guiando en el crepúsculo de sociedades esclavistas.

La conclusión es la siguiente, la libertad no es un regalo divino, sino una conquista que requiere alguna forma de coacción.

Cada frase de ese breve ejemplo resuena en la trama de mi propia vida. Las lecciones de libertad, ética y coacción se entrelazan con mis propias experiencias, recordándome que, en este continuo relato humano, somos los artífices de nuestro destino, y cada elección es un hilo que contribuye a la narrativa única que es la vida.

A medida que la adolescencia cedía paso a mis primeros años de adultez, la incertidumbre iba discerniéndose con más claridad, el sendero seguía siendo todo un laberinto, pero definitivamente no era más difícil que cuando empecé. Las experiencias iban dejando huellas indelebles en mi alma.

Me embarqué en la tarea desafiante de comprender y aplicar la despersonalización, y lejos de ser un mero ejercicio intelectual, se convirtió en un proceso profundamente personal.

Veréis, siempre he sentido la urgencia de sumergirme más allá de la superficie. La complejidad la tomo como un desafío fascinante que me incita a explorar las profundidades inexploradas y las contradicciones latentes.

La despersonalización no es solo una herramienta, es la brújula que guía mi navegación a través de la dualidad entre la acción y la esencia humana. Es mi compañera fiel en la búsqueda de comprender sin prejuicios, de analizar sin caer en la trampa de la indignación emocional.

Cada piedra en el camino es una lección valiosa. En cada encrucijada, desafío las narrativas preconcebidas y abrazo la incertidumbre como una compañera inseparable en mi evolución, no solo es una estrategia cognitiva, sino un eco de mi compromiso de explorar las profundidades de mi humanidad. Cada desafío es una oportunidad de aprender a replicar las consecuencias sin perder la conexión con mi propia empatía y comprensión. En cada paso, no solo descubro más sobre los demás, sino también sobre la verdadera naturaleza de mi ser.

Pero aún con el conocimiento que poseía sobre el mundo y, por consecuencia, sus reglas, no me libró del profundo abrazo mortal de la prisión.

Era una tarde tranquila en mi suburbio cotidiano, con mi letal inocencia temeraria, cometí un delito. La brisa acariciaba mi rostro, el sonido de las hojas secas rechinaba en mi cabeza al ser pisadas por mis zapatos desgastados, solo el sol fue el testigo silente de lo que iba a suceder. Mis ojos se ensancharon y sentí una pulsión efímera al mirar un collar de plata de una joyería, insignificante para muchos, pero a mi juicio destellaba como una promesa. Conseguí hacerme con el collar pasando totalmente desapercibido en aquella joyería decrépita, carecía de cualquier tipo de seguridad y el dueño se encontraba demasiado ebrio como para poner atención a lo que ocurría a su alrededor. Lo agarré con una fuerza temblorosa, corrí, como un chico que a pesar de creer conocerse, se aleja con la ligereza de quien aún no conoce el alcance de sus decisiones. Esa sensación de éxtasis que sentía al haber obtenido algo prohibido no duró mucho, la excitación de lo clandestino se mezcló con la culpabilidad. La cotidianidad de la calle guardaba un testigo inesperado, una señora de avanzada edad observaba desde la acera de al lado. Capturó cada movimiento mientras yo exploraba el límite de la curiosidad y la transgresión. La señora, movida por un sentimiento cívico, alertó a las autoridades.

Poco después, habiéndome secado el sudor con mis muñecas y habiéndome sentado en un banco de madera, admirando cada uno de los detalles de mi tesoro prohibido, se acercó un robusto y caucásico hombre de traje azul oscuro, sus palabras me envolvieron con la verdad revelada: ``Chico, sé lo que has hecho´´. La realidad se desplegó ante mi, la vecindad, antes un paisaje familiar, se trasformó en un juicio moral, la transparencia de la tarde oscureció, sentí un caleidoscopio de emociones, y lo peor de todo, es que tuve que aceptar la red de consecuencias que yo mismo había tejido.

Mis huellas me condujeron a un destino de hierro y concreto. La puertas metálicas se alzaban imponentes haciendo un eco sordo al cerrarse, como un veredicto de mis acciones, el sonido de las llaves metálicas del guardia chocando con su pantalón cuando paseaba con su mirada despectiva se convertía en el lamento de oportunidades perdidas, mis pasos resonaban en las cuatro paredes frías donde el tiempo parecía haberse detenido. En ese confinamiento forzado, decidí instruirme durante los cinco años de mi condena por haber robado un collar de plata con esmeraldas y diamantes.

La humildad se presentó como una virtud crucial, surgió la pregunta:

"Si no puedo encontrar paz en mi propia vida, ¿cómo puedo aspirar a liderar o influir positivamente en el entorno que me rodea?"

Mi propio sufrimiento, si es razonable y me lleva a la autorreflexión, se convierte en un llamado a la consciencia.

Mi conclusión personal fue asumir la responsabilidad de mis propios errores, reconociendo que la bondad divina es un principio que implica tomar las riendas de mi vida.

Al amanecer de un día soleado, encuentro la luz que anuncia mi liberación, las imponentes puertas metálicas se abrían como un libro que revelan el capítulo final. Oigo, a mi paso hacia la salida, los gritos de otros presos anunciando promesas de libertad. El sol, habiendo sido el testigo de mi encierro, ahora es el cómplice de mi liberación. Entre lágrimas abrazo la oportunidad de un nuevo comienzo.

Durante mi estancia en prisión, descubrí que puedo confiar en mis propios criterios y ser mi propio guía, sin necesidad de adherirme a comportamientos externos.

Valoré las directrices culturales y religiosas, reconocer que la vida es efímera me llevó a considerar que no siempre hay tiempo para descubrirlo todo por mi cuenta. Vi que podía encontrar lecciones útiles en las experiencias de quienes me precedieron, me advirtió sobre la tendencia a culpar al sistema, me enseñó la importancia de poner orden en mi propio ser antes de intentar cambiar el mundo.

Después de casi treinta años de peregrinaje, creo haber hallado la senda que más ilumina.

Al abrazar la realidad, he descubierto la posibilidad de estar en sintonía con ella de una manera que supera cualquier resistencia que se pudiera haber opuesto, y es fascinante cómo esta verdad fundamental se despliega en mi vida cotidiana. Por instinto, siento la llamada a captar su presencia cuando la encuentro.

Esta verdad, que se remonta a épocas muy lejanas, sigue vibrando en mi existencia actual, recordándome que la grandeza no solo radica en la elevación espiritual, sino también en la disposición a servir a aquellos que más lo necesitan.

Cada fecha en el calendario se convierte en una oportunidad para vivir esas enseñanzas, para expresar mi autenticidad y ofrecer un servicio desinteresado a quienes lo requieren.

Así, cada día, encuentro una historia alentadora que se desarrolla, donde la verdad es un compañero y la grandeza se manifiesta en pequeños actos de servicio.

Quiero transmitir un mensaje de seriedad y aliento a los que aún no disfrutan plenamente de las libertades deseadas o no han alcanzado la total independencia. Reconozco la importancia de abordar este tema con la gravedad que merece, ya que el camino hacia la autonomía puede ser una empresa seria y desafiante.

La búsqueda de la libertad genuina es un proceso que demanda compromiso, autoevaluación y, a veces, confrontación con situaciones difíciles. La autonomía no solo se trata de circunstancias externas, sino de una profunda autodeterminación y toma de decisiones conscientes.

Entiendo que el sendero hacia la independencia plena se puede hacer cuesta arriba, sin embargo, la seriedad y determinación con las que enfrentas estos desafíos son fundamentales para tu éxito. Cada paso que tomes hacia la libertad es una conquista significativa.

La paciencia es una virtud indispensable, reconocer que el progreso puede llevar tiempo es esencial para mantener la perspectiva a lo largo de este proceso serio y, a menudo, exigente.

Por último, quiero enfatizar la importancia de mantener una autoimagen positiva y cultivar la autoconfianza. Al comprometerse seriamente con este viaje, puedes descubrir nuevas capas de fortaleza y alcanzar la independencia que anhelan.

Y os lo dice un tipo como yo, un chico conflictivo que lleva, además de tatuajes de rosas y navajas en el cuello, la ignorancia innata en su ser.

Un abrazo compañero y buen viaje.

Usualmente escribo para adornar mi cautiverio personal. Con el paso del tiempo, la mente deteriorará mis recuerdos y esos escritos me recordarán los porqués. Es mi método infalible para suplir la memoria.

Me crié entre filósofos y escritores enloquecidos, he experimentado el fracaso y la victoria y, a decir verdad, no estaba preparado para ninguna de las dos, por eso hice este relato. Quería dejar constancia que cualquier alma errante tiene derecho a redimirse.

**PABLO MÁRQUEZ**

## MANUEL RESCALVO CHUMILLAS

# LA CARTA

"**E**sta noche no me encuentro muy bien, cuando llegué a casa me costaba mucho respirar y mi intuición me está atormentando. Os prometí la última historia y aquí os la dejo escrita, porque no me fío del mañana. Sé que sois muy pequeños para poder entenderla y, seguramente, ahora no la entendáis, seguramente... pero llegará un día en que sepáis su valor.

La música fue otra de mis pasiones, con ella enamoré a la madre de mis hijos, con ella hice llorar de felicidad a mucha gente, con ella hice amigos, visite lugares inesperados, aprendí el significado del silencio, ese que hay entre nota y nota, y que te dice de todo, y tantas otras cosas que se han quedado en el olvido. Me llegó de la manera menos imaginada posible en un viaje a Almería. Yo nací en Ceuta, de familia humilde, mis abuelos vivían entre aquí y el Este, ellos eran de un pueblo almeriense, el cual era innombrable para mi edad, siempre me pregunté a quién o a quiénes se les habría ocurrido tales palabras, seguro serían extranjeros, yo, para recordarlo, me había inventado una regla nemotécnica y lo pronunciaba como: "Andarás muy bien", o más parecido: "Andarás de lujo". Uno de mis últimos veranos lo pase allí, en la casa que tenían mis abuelos, que, por cierto, era muy vieja, y, según mi abuela, heredada de tatarabuelos a abuelos y de éstos a nietos. Yo tendría unos diecisiete años, pero los suficientes para entender lo que aquella tarde me contarían...

—Aquí hay un secreto —como ambos solían decir—. En esta casa hubo una leyenda de la que nadie llego a saber si era cierta o no, pero la hubo.

Arriba había una habitación, que en aquel cortijo andaluz servía como trastero, era muy vieja y con muchas telarañas y, al final, escondido en una esquina, había un arcón de madera que estaba cubierto por el polvo acumulado por el paso de los años, adornado con colores rojos, verdes y blancos que apenas se podían apreciar y con unos símbolos especiales, como con letras diferentes a las nuestras o como en otro idioma. El interior contenía muchos trozos de ropa vieja, mantas muy usadas y visillos rotos que llenaban el arcón, en el que, cuando mi abuela levantó todos los harapos del interior, apareció un doble fondo donde pude ver lo que había: Una chaqueta color granate, vieja, larga y desgastada, tan rígida como un capote de brega y de la que mi abuela decía que no era una chaqueta cualquiera sino, como ella dijo, una marlota muy especial, la cual, a día de hoy, tendría un valor incalculable si fuese descubierta. Al lado, había unas botas de cuero con una forma puntiaguda y rara, parecían propias de un genio de la lámpara maravillosa, pero muy usadas y de color marrón. Alrededor de toda la ropa había muchas joyas por todos lados, mal hechas y como con abolladuras, pulseras o brazaletes antiguos con líneas irregulares de un amarillo dorado parecido al oro, pendientes viejos, etc. Por fin, me señalo unas hojas escritas en un papel ya antiguo y amarillento por el paso del tiempo, unidas con cuerdas ya carcomidas, con las mismas letras anteriores tan raras que más tarde supe eran árabes, y que lógicamente ellos, mis abuelos, no entendían. Mi abuela, que me quería mucho, sabía mi afán por todo lo antiguo y me recordó lo felices que fueron al ver mi reacción con ese juguete de policía que me dieron de pequeño, y que yo jamás olvidé, y que, por esa misma razón, por mi fascinación hacia aquel escrito, me lo quisieron dar.

Llego septiembre y Ceuta empezaba a vestirse de otoño. Lo primero que hice, con la ayuda de una amiga que comenzaba el nuevo curso escolar de bachillerato y muy apasionada por la historia, fue intentar transcribir al castellano aquella carta tan vieja escrita en árabe. Un amigo suyo, marroquí, llevaba mucho tiempo aquí, su padre había sido un visionario para su época y montó lo que más tarde se conocerían como los bazares moros. Con su ayuda, pudimos descifrar el significado de aquellas palabras escritas en la carta, la cual, no estaba firmada por ningún lado y no se podía saber su autor, y decía así:

"Quien no está dispuesto a luchar por lo que quiere, está condenado a aceptar lo que le den. Luchad por todo lo que améis, ese es el único sentido que tenemos. Lo he perdido todo en mi vida, dos cosas no tenían precio; una, no la supe dirigir ni defender, la otra, me la quitó el más grande, cuando más la necesitaba y cuando más nos queríamos. Nunca me marché de aquí, tal y como a todos les hice creer, ya que no habría podido vivir fuera de este lugar de donde soy. No conozco nada más que esto. Todos los míos y la mujer que amé durante toda mi vida están enterrados aquí. Todos los días voy al campo a trabajar, y mis lamentos los conocen todos los que como yo siguen por aquí, dicen que me delatarán, pero a mí me hacen revivir mis más profundos sentimientos y, lo único que me queda, mis recuerdos. El tiempo se encarga de que no olvidemos nunca lo duro que puede ser una caída cuanto más arriba se está, el tiempo me condenó a las muertes de todos mi seres queridos, al abandono de mi gente, a olvidarme de mi descendencia, esa que nunca conoceré jamás ni sabré quienes serán, y a renunciar de mi vida, aquella que me correspondía por derecho propio.

Se nos puede arrebatar de todo en la vida menos la voluntad que elegimos para afrontar nuestro presente. Para el resto de mis días, cuando voy a trabajar, como con una especie de canto típico en mi cultura, digo mis penas al aire, y mis chillidos en el campo, suenan como música amarga clamando ayuda divina que nunca vendrá. A todos nos convirtieron en cristianos a la fuerza y a todos nos obligaron a trabajar sus tierras. Y así, como labrador, se me conoció para el resto de mis días en este lugar, los cristianos viejos me decían: "el campesino morisco sin tierra".

"Fellah-mengu", así la pronunció y así sonaba la última frase del escrito en árabe. Fellah-mengu significaba "labrador o campesino moro sin tierra", era así como se conocieron a los moros que se quedaron en España, entre finales del siglo XV y principios del XVI, si claro está, aceptaban abandonar su religión y adoptar la cristiana, de entre otras muchas condiciones.

A lo largo de los meses siguientes relacioné esa palabra descrita en la carta con la palabra castellana flamenco. Fellah-mengu sonaba igual que ese referente estilo musical andaluz con tanto sentimiento, y que por la curiosidad que me generó acabe estudiando a fondo. Cuanto más leía sobre ello más cabos unía con los árabes que se quedaron en Andalucía; los tristes lamentos de éstos con los tristes palos del flamenco; la similitud que tienen los árabes en la llamada a la oración desde los alminares de las mezquitas a la técnica del flamenco denominada "ayeo" que es como empiezan muchos palos flamencos. Cuanto más estudiaba sobre el flamenco más me apasionaba su música, su historia, como fue su principio y el porqué de todo. Así, sin darme cuenta, acabe enamorándome de ese género popular de Andalucía.

La música, en general, se escucha según el estado de ánimo en el que se encuentre la persona en concreto, si alguna vez tenéis la oportunidad, escuchad flamenco, lo hemos heredado de ellos, de los últimos árabes del Al-Ándalus, o los primeros andaluces, moriscos convertidos en cristianos, el resumen de tantos siglos en unos minutos sonoros. Cerrad los ojos y escuchad con el corazón, pues es de la única manera que se puede oír ese estilo musical de otra forma no suena.

Tres cosas tuve en mi vida, cada una de ellas descubiertas de maneras distintas, con las que fui feliz para siempre. Sabemos el valor de aquello que tenemos cuando lo perdemos. A mi edad, o a la vuestra, hace mil años o ahora mismo, eso da igual, el ser humano siempre actúa igual, es el de siempre, hombre con diferente cara, pero el alma, es la misma, y se comporta precisamente de la misma manera, y chocará con los mismos obstáculos, tanto nosotros como nuestros descendientes. Nadie nos puede ni podrá trasmitir personalmente el dolor de una pérdida porque nunca lo entenderemos, salvo que lo hayamos sufrido en nuestras propias carnes. En esa carta, que leí en Laujar de Andarax, ese impronunciable pueblo de Almería, donde vivió aquel autor anónimo que lo perdió todo, aprendí mucho y lo valoré para siempre. Mi mujer, mi trabajo y la música, fueron los tres pilares que me mantuvieron vivo e ilusionado. A nadie dije sobre esta historia excepto a ella, pues, sabía que por amor, sería la única persona que no me tomaría por loco... ¿Quién sino iba a creer que el último rey moro de Granada sería el primero de todos los flamencos?

Tres cosas necesitamos para ser felices: "Un amor" que te mantenga ilusionado, "un trabajo" por el que sentirse realizado y "un hobby" para disfrutar de los momentos libres, nunca lo olvidéis. Yo las tuve y no acepté tomar lo que la vida me daba, luché por lo que más quise, como decía esa carta, y, de la misma manera, vosotros debéis hacer lo mismo. Sin más, me despido aquí, amigos míos, espero volver a veros mañana y contaros yo mismo, en persona, esta historia tan bonita, y con más lujo de detalles, y, si no es así, os la dejo escrita para que siempre la tengáis con vosotros y recordéis su mensaje a lo largo de la vida. Sin más, vuestro amigo que os quiere, Gerardo".

Aquella noche necesité un buen rato para asimilar lo que había leído, tenía que pensar en cosas que para mi edad aún me costaba entender. Hoy, ya han pasado muchos años, y aún tengo esa carta entre mis recuerdos más preciados. Si fue una coincidencia o no, nunca lo sabré, pero aquella misiva marcaría el rumbo de mi vida.

Aquí, en México, se vive en paz, nadie te molesta, o sí, pero con agrado, claro, son aquellos amigos míos con los que jugaba en el parque y a los cuales les obligo a que se dejen caer por aquí cuatro o cinco veces al año, esos que se cuentan con los dedos de la mano y que, con suerte, conservamos a lo largo de la vida. Hoy, cuando nos juntamos, recordamos viejas batallitas de la infancia y a veces sale en nuestras conversaciones aquel amigo que tuvimos, aquel señor que nos había explicado el significado de amar a una persona con todo su corazón, aquella persona que, por un regalo de sus abuelos, fue miembro del Cuerpo de la Policía Armada, sustitutos de la Guardia de Asalto y actual Policía Nacional, y aquel que nos dejó, en una carta escrita, la historia más maravillosa que me pudieron haber contado en mi niñez. Hoy, cuando la gente me pregunta porqué toco la guitarra de esta u otra manera, les digo que es fruto de horas y horas de constancia, sacrificio y paciencia… pero, para mis adentros, sé que no es así, que es por aquel mensaje de aquella carta sin nombre que cambió mi destino, como el de la música, para siempre.

Hola!! Me llaman *"Chumi"* por mi apellido. Soy un apasionado lector de novelas históricas, y este ha sido mi primer relato.

Me pareció una buena idea plasmar en una historia corta las tres cosas más bonitas que podemos necesitar para tener una vida feliz; Un amor, un trabajo y un hobby.

**MANUEL RESCALVO CHUMILLAS**

*La carta.*

## ISABEL CABEZA GARCÍA

# LA OTRA SENDA

Te miras al espejo, temes que tus ojos vidriosos y tus ojeras te delaten ante los demás, a pesar del maquillaje. Tantas lágrimas acaban dejando huella. Ya no eres esa persona siempre risueña, llena de ilusiones, de hace nueve años. Algo se ha roto en ti y aún no has podido encontrar la forma de mitigar tu dolor. Te das un último retoque y te dispones a salir hacia el trabajo.

Doce años atrás, un martes como hoy, te presentabas a ese concurso que te permitió conseguir un puesto de trabajo fijo. Aunque habías preparado el examen durante todo un año, eras consciente de que, en los últimos meses, no habías estado muy centrada y eso te preocupaba. Tomaste un simple vaso de leche, tu estomago no permitía ningún otro alimento. Recogiste tu mochila, todos los documentos que necesitabas y le dijiste adiós a tu madre. Ella te respondió, deseándote toda la suerte del mundo.

Cuatro horas más tarde, acababas la prueba. Te sentías satisfecha de ti misma, porque habías hecho un buen ejercicio. La euforia de ese momento te dio la fuerza necesaria para hablar con tus padres de ese asunto que venias evitando hacía semanas. Cualquier objeción por parte de ellos te habría desconcentrado y no podías permitírtelo. Por eso no hiciste caso a las demandas de Óscar y preferiste esperar a este momento.

—Ya se lo he dicho a mis padres.

—¿Y cómo se lo han tomado?

—Mi padre se mostró serio en un principio, afortunadamente solo duró unos minutos; después, su rostro se relajó y acabó dándome la enhorabuena.

—¿Y tú madre? ¿Qué ha dicho?

—Ella, tú ya sabes que está muy unida a mí. Me he convertido en su apoyo, sin que ninguna de las dos lo hayamos pretendido, quizás es por esto que su cara reflejaba cierta tristeza; aunque solo tuvo palabras de apoyo con las que me deseó toda la felicidad del mundo.

—Ya te dije que todo iría bien.

Ni siquiera alcanzaba los seis meses, el tiempo que llevabas saliendo con este chico, pero te habías enamorado perdidamente, y no concebías otra idea que no fuera la de compartir tu vida con él.

Aquel martes de marzo, tu madre te acompañó para la prueba del vestido de novia.

—Te queda muy bien, hija, creo que el diseñador pensó en alguien como tú cuando proyectó este vestido.

—Gracias, mamá. ¿Te he dicho cuanto te quiero? Sabes que voy a echarte de menos, ¿verdad?

Por un instante, todo se llenó de silencio. Dos lágrimas recorrieron las mejillas de tu madre. Ella intentó ocultarlas secándolas con rapidez.

—¡Estás tan guapa! —Te dijo. —Date otra vuelta, quiero admirar, una vez más, lo bien que te queda.

«También tú lo estas» —pensaste. El color de su chaqueta hacia juego con sus bellos ojos azules. Desde niña deseaste, que los tuyos tuvieran ese tono, pero la genética de tu padre pesó más y el resultado fue unos grandes y lindos ojos negros.

Todos los invitados esperaban en la puerta de la iglesia tu llegada. Un soleado día de primavera acompañaba al evento. Tú, como toda novia, te hiciste esperar. Un cúmulo de nervios dominaban a Óscar. Su madre se esforzaba en calmarlo, aunque sin demasiado éxito. Tu recorrido por el pasillo, lleno de flores blancas, fue realmente emocionante. Al final del mismo, en el altar, te esperaba tu futuro marido; lo veías tan guapo con aquel traje azul marino resaltando sobre el fondo blanco de su camisa y su corbata de un intenso azul aciano.

—Óscar —preguntó el sacerdote—, ¿quieres a Carla como tu futura esposa?

—¡Sí, quiero!

—Y tú Carla, ¿quieres a Óscar como tu futuro esposo?

—¡Sí, quiero!

Tras la vuelta del viaje de novios, lo primero que hiciste fue visitar a tus padres.

—Mamá, papá, ¿cómo estáis? Lo hemos pasado tan bien. ¿No es cierto, cariño? —Dijiste dirigiéndote a tu ya marido.

No obtuviste respuesta. Él, eufórico, no había escuchado tu pregunta, parecía ensimismado en la charla que mantenía con tu padre sobre lo maravilloso del lugar.

¡Qué tiempos tan dichosos!, apenas queríais separaros ni siquiera para ir al trabajo. Los besos y los abrazos se paseaban por cada rincón de la casa. Presumías delante de tus conocidos de la suerte que habías tenido de conocer y casarte con Oscar, y tu familia se sentía tranquila y relajada. Sabes que, al principio, ellos tenían dudas sobre este amor, temían que no fuera nada más que uno de tus caprichos. Te habían criado con todo lo que podías desear al ser hija única; sin embargo, se equivocaron en sus miedos. Llevabas casi dos años de casada y vuestra relación era tan estupenda como el primer día. Se te veía feliz y transmitías esa felicidad.

Antes de salir de casa discutes de nuevo con Oscar. Un muro se ha erigido entre vosotros y apenas puedes mantener una pequeña conversación sin llegar a los gritos.

—Debes acudir a un terapeuta profesional, Carla, — te dicen unos y otros—, esta situación te está superando.

Un cielo encapotado dibuja el camino y, mientras conduces, tus recuerdos vuelven.

Aquel día estabas ansiosa por hablar con tu madre. El teléfono hacia llamada pero ella no respondía.

—Mamá, has tardado en coger el teléfono. ¿Dónde andabas?

—Estaba en la cocina y no lo oí, lo había dejado olvidado dentro del bolso. ¡Ya sabes como soy yo para esto del móvil!

—¡Está bien! Te llamo porque quiero que le digas a papá que no se comprometa con sus amigos para el viernes, pues queremos comer con vosotros y con mis suegros ese día. Hay algo, muy importante, que queremos contaros.

—¡Claro, cielo! En cuanto llegue se lo digo.

Durante el almuerzo, tu rostro lucía con un brillo especial. Llevabais mucho tiempo intentando aumentar la familia por eso estabais deseosos de darles la gran noticia, esa que habías conocido hacia solo unos días.

Ya en el postre, decidiste tomar la palabra.

—Querida Elena, querido Sergio, papá y mamá, creo que es el momento de que os demos esta noticia: ¡Estamos embarazados! —Esta última frase la dijiste al unísono con tu marido.

—¿De cuánto estás?—preguntó tu suegra.

—De dos meses, Elena.

—¿Ya sabéis el sexo? —añadió Sergio.

—Es demasiado pronto, querido suegro. Además, tu hijo y yo hemos decidido no conocerlo hasta el momento de su nacimiento.

—Está bien, si esa es vuestra decisión.

—Es una noticia maravillosa ¿verdad, Clara? —dijo tu padre, dirigiéndose a tu madre.

—La mejor que podíamos recibir. ¡Enhorabuena, hija mía!

Hacía bastante calor para estar recién entrada la primavera, habías colocado cerca un pequeño ventilador para refrescarte a ti y a tu abultada barriga. Te encontrabas fuera de cuentas. En la consulta, el médico te dijo que solo sería cuestión de horas. Estabas deseando y temiendo la llegada de tan esperado momento. Habíais decidido ver una película, The best of Me, para hacer más llevadera la espera. Tu marido masticaba unas palomitas y compartía contigo su botella de agua. Tú habías preferido no comer nada. Te sentías pesada.

De pronto, esa humedad entre tus piernas: habías roto aguas. A duras penas, Óscar acertaba a abrir el coche. Cuando por fin pudo hacerlo, os dirigisteis rápidamente al hospital.

—¡Es un niño!—gritó Oscar.

—¿Dónde está? Quiero verlo —pidió, casi lo exigió, su abuelo paterno.

—Se lo llevaron para bañarlo, papá. Enseguida se lo traerán a Carla y podrás verlo cuanto quieras.

—De acuerdo, esperaremos, —asintió Sergio visiblemente nervioso.

Tu madre permanecía a tu lado en la habitación y tu padre daba paseos constantes por el pasillo del hospital. Finalmente, trajeron al pequeño. Un remolino de personas adultas lo rodearon rápidamente; no cabían en sí de felicidad. Era un niño precioso.

Miraste el reloj, casi las tres de la madrugada y tu hijo, de dos años, lloraba sin cesar.

—¡No puedo más, Oscar! Parece que no me escuchara. Quizás debamos consultar a otro pediatra, el suyo no nos da ninguna solución.

—Tranquilízate, Carla. Si insistes, pediré una nueva cita dónde tú quieras.

—¡Está bien, eso espero!

Tus palabras hacia quien compartía tu vida contigo no tenían ya ese tono dulce y cariñoso de otros momentos, tu carácter se había endurecido y el enfado era una constante en ti.

Una semana después, os dirigíais a visitar a un nuevo pediatra. Unos amigos de la familia os habían hablado de él. En el asiento trasero del coche, vuestro hijo iba medio adormilado. Parecía estar más calmado y sus grandes ojos azules ya no estaban humedecidos por el llanto, aunque seguía sin haber rastro alguno de sonrisa en su rostro. Sentías que no le gustabas. A la entrada de la clínica tus nervios se hicieron patentes.

Ya han transcurrido casi siete años desde aquella visita que marcaría vuestras vidas. Andrés cumple hoy, martes, nueve años. Le habéis comprado muchos juguetes, juguetes especiales que esperáis que le gusten; aunque tú estas convencida de que no será así, segura de que seguirá enredado con su montaña de papeles, esos que mueve de un lado a otro, que repasa una y otra vez sin detenerse. Tus conversaciones con él se han visto limitadas a sus ecolalias. Llevas años gastando tus ahorros en especialistas: psiquiatras, neurólogos, logopedas,... Todos dicen que está haciendo avances, pero tú no los percibes.

Has llegado a casa la primera, pues has pedido permiso en el trabajo para salir un poco antes. Necesitas prepararlo todo. Oscar recogerá a Andrés de sus clases particulares y lo traerá a casa. Finalmente, consigues que todo esté listo a solo unos minutos antes de la llegada de tus padres, tus suegros, y algunos invitados.

Se respira cierta tensión en el ambiente, pese a que todos intentan aparentar alegría. Tu padre te acerca la tarta desde la cocina y la coloca sobre la mesa del comedor. Tú enciendes las velas. Nuevamente esos pensamientos que te devoran, día a día, vuelven a ti: «Andrés nunca podrá salir solo, ni quedarse a dormir con un amigo ni estudiar una carrera ni formar una familia». Tu fortaleza se desploma. Lloras, y esta vez lo haces de forma incontrolada, delante de los allí presentes. El silencio de todos, solo roto por tu llanto y el sonido de la voz de Andrés, ocupa la sala. Tardas un buen rato en poder alcanzar nuevamente una falsa calma. Cuando lo consigues, agarras a tu hijo, tomas todo el aire que tus pulmones te permiten y soplas, soplas por él las nueve velas que tienes delante mientras que pides ese deseo.

El relato "La otra senda" nos adentra en la existencia de una mujer que ha de enfrentarse a un futuro que para nada tenía planeado.

Mis inicios en la escritura fueron tempranos, para entonces me escondía detrás de las palabras intentando ser yo misma. Esta afición me ayudó a hacer crecer mi mundo interior y a cuestionar las cosas que me rodeaban.

En la actualidad sigo formándome día a día, pues me siento ligada a la escritura irremediablemente. Soy fiel a la creencia de que mis personajes están esperándome para tener la oportunidad de vivir.

**ISABEL CABEZA**

## JUAN CARLOS SÁNCHEZ JIMÉNEZ

# LO IMPOSIBLE

El chirrido de los vagones al frenar atenúa el ruido del paso de los viajeros que caminan por el andén. Una tenue luz azulada se filtra por las cristaleras de las paredes, envolviendo en una atmósfera un tanto irreal la febril actividad de la estación. Sentado en un banco, me miro las manos como si no fuesen las mías. En ellas, aprieto firmemente un papel ajado por el uso constante, amarillento por el paso del tiempo, con las cicatrices rugosas de haber sido doblado y desdoblado un millón de veces. Sé lo que tiene escrito, es una sola palabra convertida en tormento. Se quedó grabada en mi memoria hace tanto tiempo que dejó de ser una palabra para ser un símbolo de condenación.

Me levanto lentamente del banco y mi espalda me recuerda que ya no soy tan joven. Pero mis músculos y mis huesos no tienen memoria, así que sólo saben quejarse. Nadie mira hacía mí, y si lo hacen, su mirada atraviesa mi cuerpo. Soy un fantasma de cuerpo presente, el último verso de un poema inacabado.

Mis primeros pasos me dirigen hacia la salida de la estación. Los viajeros modifican su trayectoria para no tropezar conmigo y rápidamente me olvidan. Noto el frío invernal del aire antes de llegar a la puerta y enderezo las solapas del abrigo para que me resguarde un poco el cuello, pero mi ropa está tan deshilachada que poco puede hacer para impedir que se me congelen hasta las entrañas.

Aprieto el paso y salgo exhalando vapor de agua por mi boca entreabierta. El sol se va poniendo impasible y el color rojo oscuro del cielo tiñe de melancolía las paredes destartaladas de los edificios. Dirijo mis pasos hacia el barrio del Porvenir. Es un largo camino hacia donde antes estaba la dirección de tu último apartamento.

Después de callejear un buen rato, la imponente mole de un antiguo edificio de factura alemana se aparece ante mí como el lugar secreto de un peregrinaje santo. Una luz indecente brilla en este atardecer tardío. Es tu ventana, o más bien lo era. Hoy se mantiene encendida, cómo la última noche que tu mirada se cruzó con la mía. Me quedo un rato observando, oculto en las sombras que proyecta la luz titubeante de una farola. Y espero pacientemente el milagro que nunca ocurre.

Poco a poco, la noche vuelve a hacerse eterna y me marcho para no alertar a los vecinos, hartos ya de mi presencia intermitente. Piso fuerte para engañar al frío y me froto unas manos que ya no siento. Una anciana, desde la otra acera, me observa. Al comienzo lo hace con cierto miedo, pero que pasa pronto a transformase en desgana. Noto que me queda poco para desaparecer de la memoria de esta ciudad.

Llego al parque donde estuvimos sentados juntos aquella última noche y donde me entregaste aquel pequeño papel para que lo leyera más adelante, y del que ahora no puedo desprenderme. Busco el lugar exacto donde quedamos a hablar aquella noche y me siento, girando el cuerpo hacia el lugar donde tú te sentaste. Noto tu ausencia más real que mi propia presencia. Casi puedo percibir tu olor, tan parecido a la fragancia de la flor de la dama de la noche. Me estremezco cuando todos los recuerdos se me agolpan en mi mente y se funden en un mismo dolor tan intenso que me hace sangrar por dentro. Recuerdo que me hablabas entre sollozos y que cada una de tus palabras eran como clavos que laceraban mi piel con los estigmas de un dios condenado.

Me recompongo un poco y miro a mi alrededor. Las personas pasan por delante de mí sin forma definida, como trozos de ropa empujadas por el viento. Soy el centro inamovible de una vorágine sin sentido. Parece que la realidad esté a punto de explotar, mostrando las siniestras verdades que se ocultan en la oscuridad de la noche.

Después de unos minutos, el vértigo desaparece, como siempre me pasa. Me levanto decidido, pero aún tambaleante, hacia los jardines de Murillo, donde a veces pasaba las horas esperando sin certezas tu llegada. La humedad del aire se vuelve inclemente y se pega a mis huesos como un sudario. Atravieso las calzadas sin mirar y casi ni escucho las bocinas de los coches mientras me esquivan. Ninguno hace la intención de parar. Me acerco despacio a la fuente de Catalina de Ribera, me siento en su borde y dejo que el rumor del agua al correr me despeje un poco.

Veo de nuevo tu sonrisa acercarse. Siempre sonreías cuando comprobabas que mi presencia era algo auténtico entre tanta incertidumbre. Quedábamos lejos porque no querías que nos vieran juntos en tu barrio y yo, dispuesto a cualquier cosa, me dejaba convertir por complacerte en un secreto inconfesable. Entonces, te sentabas un rato conmigo y me cogías de la mano, sin decir nada o diciéndolo todo. Luego te levantabas y corrías hacia los callejones de Santa Cruz, mirando por encima del hombro para ver si te seguía. Y yo como un lobo amansado por una música celestial te acompañaba, atado por una cadena invisible forjada por el deseo. A veces quería decirte lo que sentía por ti, pero tú ponías un dedo en mis labios y me pedías que callara. Que no mancillara nuestros sentimientos con palabras desgastadas por el uso que les dan los malos poetas.

Y son estas callejuelas iluminadas con farolillos antiguos por las que ahora deambulo, cabizbajo y hundido, las mismas que un día nos pertenecieron. Las mismas que nos acobijaron como amigas inocentes, se han convertido en las paredes de un laberinto infinito. Ahora, las calles se inundan de pesar cuando al pasear o girar en cualquier esquina no hay posibilidad alguna de encontrarte en ellas.

Y paso las horas caminando sin rumbo fijo, pero mis pies traidores conocen el final del trayecto. La luz de la entrada de la misma estación me deslumbra con su brillo incesante, la misma estación donde cogiste el último tren que salía de esta ciudad hacia ningún destino. Llegué tarde por unos pocos minutos aquella maldita noche y solo tuve tiempo de ver tu cara por la ventana de tu vagón desde la pasarela de los acompañantes. Tenías la mirada dispersa y un poco aturdida. Parecía que habías llorado, pero no puedo asegurarlo.

No pude acercarme mucho e intenté convencerte con señas de que no te fueras. Pero ya no me veías, absorta en quién sabe qué tristes pensamientos. Tras un silbido interminable, el tren se puso en marcha y empezó a alejarse.

Primero lentamente, como riéndose de mí, luego con una furia desatada.

Y me senté llorando en este banco, que ahora es mi patria. Y aquí sentado fue donde vi el accidente de tu tren a través de unos monitores que colgaban del techo. Una y otra vez, las televisiones mostraban las imágenes de como el tren se salía de las vías y volaba hacia ninguna parte, dando mil vueltas antes de que una nube de polvo lo cubriera todo. "Ningún superviviente" gritaban las voces de los agoreros de siempre.

Tardé varias horas en tomar consciencia de que no volverías jamás y que no volvería a verte. Que ahora sólo vivirías en mis recuerdos y que tu último mensaje para mí sería siempre el que me escribiste en aquella solitaria hoja, donde me pedías lo imposible: "Olvídame".

Tanto en la literatura como en la magia tienes dos opciones: o decides dejarte engañar y disfrutar de la experiencia o sucumbes a la urgente necesidad de conocer los entresijos y los trucos que utilizan los escritores para convertir ilusoriamente lo imaginario en real.

Después de media vida siendo un humilde espectador de la imaginación creativa de los demás, me gustaría aportar con el presente relato corto un pequeño truco más al mundo de las historias.

**JUAN CARLOS SÁNCHEZ**

*Los techos altos.*

## ROBERTO CARLOS MONTILLA CASTILLO

# MI NIÑO INTERIOR

*Tres días para la operación:*

Hola, me llamo Iker, tengo once años y dentro de tres días me operan de mis maltrechas rodillas, mi médico que estudió ingeniería y medicina no falla. Me lo ha dicho porque cree que debo saberlo. Yo se lo agradezco. No me miente y eso me da mucha confianza. Me dice que tengo una lesión congénita de nacimiento en las dos rodillas y que podría afectar en mi crecimiento en un futuro cercano, no reviste gravedad parece, pero la recuperación es muy dura porque debo estar tres meses en silla de ruedas. A mí cada vez me gusta menos salir a la calle e ir al cole, padezco también de TDH y a veces me siento solo, he perdido o mejor dicho se han alejado de mí, mi grupo de amigos de la guarde y actualmente me excluyen de la mayoría de pardillos de compañeros del cole y no quieren jugar conmigo, por eso todo el tiempo que me esté recuperando de la operación seré feliz en casa.

Quedan tres días y no tengo miedo. Muchos conocidos han pasado por quirófano y fueron valientes para aceptar su destino.

En mi mesita tengo un juguete de un mono pequeñito que se tapa la cara con las manos y se ríe. Siempre ríe, me lo regaló un compañero de terapia antes de que ingresara para que recordara que todo tiene un punto positivo. Solo pienso en una cosa en estos tres días antes de mi operación. Encontrar el amor. No el mío, yo soy un niño, pero si el de mi padre y el de mi madre. Mis padres están separados, a veces pienso que es por mi culpa, entre lo difícil que es convivir y criar a un niño con TDH, junto con los problemas con el alcohol de mi padre, todo esto pudo con la relación, no hay más.

Aunque a día de hoy ellos se siguen amando. Siento que se desviven por mí, pero mi pena es que llevan vidas por separado. No pasa nada, entiendo que la vida es así. Quiero que encuentren el amor, que volvamos a ser una familia, que en enamoren otra vez, nuestra frase era "siempre juntos". No quiero que estén solos. Que esta navidad no la pasen solos y este fin de año, no sea el peor de mi vida.

Tengo mi pequeña lista de deseos para ellos. No conozco a mucha gente pero quiero para ellos a personas como los ángeles que tengo en el cielo y son muy especiales para mí. Para mamá, rezo para que vuelvan ella y papá; si no fuese así, me gustaría que encontrara a un hombre con el corazón de mi tío Abel y la bondad de mi abuelo Manolo. Para mí papá, le pido a dios que todo se arregle con mamá y si no puede ser quiero para él un ser de luz como ella, una mujer, mi madre con la forma de querer de mi tía Tere, la hermana de mi papá. A todos ellos los echo de menos en mi vida.

Estos días intentaré provocar encuentros fortuitos entre mis padres, que se miren, que conversen y quizás se produzca el fogonazo, mi médico que es matemático me dijo que la recuperación sería lenta y dura, prácticamente tengo que aprender a pisar de nuevo, no me importa, lo lograré.

*Dos días para la operación:*

No ha resultado como esperaba. He tenido que tachar mis primeros deseos y eran mis favoritos. El problema es que los dos están hundidos y tocados, solo piensan en mí y en mi recuperación. Yo creo que he estado bien, he provocado esos encuentros esporádicos, pero ellos tienen su mente en otro sitio.

No he mencionado a mi hermano pequeño Abel, de seis años, pensé que él tendría mejor suerte, pero nada más lejos, mis padres están preocupados por él, está enfermo del estómago, no parece nada grave según las pruebas que le está haciendo un amigo de papi. La verdad es que me llevo a matar con Abel, mi madre y mi abuela están al límite conmigo, yo no lo hago queriendo, luego me arrepiento, reconozco que no soy justo con mi hermano pequeño, tengo celos de él desde hace tiempo, conforme voy creciendo me doy cuenta que lo quiero mucho mucho y nos tenemos el uno al otro. Pues él lo ha pasado muy mal con la separación de mis padres y la marcha de nuestra antigua casa en la que nacimos, todos lo pasamos muy mal en aquellos tiempos, sobre todo durante la ausencia y entrada a prisión de papá. Él me dice que está trabajando para que yo no sufra, mi hermano Abel es muy pequeño y yo a mi papá no le digo nada y le pregunto cómo le va en el "trabajo" para que no sufra él.

Por la noche vino mi padre y le cuento todo mi plan y noto por primera vez que se rompe. Le emociona que sea tan pequeño y piense tanto en ellos, dejando en segundo plano mi operación con el fin de que ellos vuelvan a estar juntos todos para siempre.

*El día de la operación:*

Me despierto tocado, noto que estoy mareado, miro al mono pequeñito que ríe y me hace reír, aunque noto que tengo dificultad para mover las piernas. Desde el momento que me suben a planta están los dos rodeándome, los amo demasiado y veo la preocupación en sus rostros, escuché como avisaban a la familia con voz temblorosa "todo ha salido bien".

Paso el día en cama, mi recuperación acaba de empezar. Me gusta mucho la navidad y me niego a pasar otra nochevieja como la de 2023, llorando por la ausencia de papá. A la mañana siguiente entró él en la habitación con mi madre y noto que él esta llorando, tiene la cabeza girada pero me di cuenta de que, al verme las dos piernas inmóviles en la silla de ruedas, al final lloramos los tres fundidos en un abrazo, yo siento que soy especial para ellos.

Más tarde se acercaron los dos a mí y comenzaron a enseñarme fotos de hace diez años o más, mi bautizo, vacaciones, etc...; me paré en una y les dije: quiero volver a ver esas sonrisas en vosotros de nuevo. El tiempo va pasando con mi recuperación y un día veo que lo he logrado. No se trataba de hacerlo de un día para otro, no hay duda de que las cosas más potentes de la vida traen de todo: felicidad y tristeza. Los sentimientos más poderosos son bipolares. Ya recuperado por completo, miro mi mono pequeñito y sonrío con él. Ojalá me convierta en esa personita, medio monito y medio ángel que siempre sonría a la vida y lleve luz a mis personas vitamina. Una mujer, un hombre y un niño. Me pongo depre y le sonrío a la vida, sé que mi amor ya ha hecho injerto en ellos dos y en otras personas.

Papi y mami, sé que a partir de ahora siempre siempre vamos a estar juntos. Os quiero mucho IKER. EL AMOR TODO LO PUEDE.

No tengo experiencia literaria, pero si que me gusta y sigo escribiendo cositas.

Por liberarme escribiendo emocionalmente mediante la lectura/escritura.

Por la sensibilidad del tema ya que es una historia real.

**ROBERTO CARLOS MONTILLA CASTILLO**

*Mi niño interior.*

## ENRIQUE MARCOS PASCUAL

# ¡POR FIN SOY JUEZ!

Se llamaba Blanca y acababa de aprobar su último examen como aspirante a juez, oposición para la que llevaba tres años preparándose. Era una gran aficionada al Real Madrid y tras las lágrimas y abrazos con sus compañeros y sus familiares lo celebró con un "Siuuuuuuuuuuuuuuuu" al más puro estilo Cristiano Ronaldo que retumbó en los impresionantes pasillos del Tribunal Supremo, sede de los exámenes de judicatura.

Después cayó de rodillas al suelo llorando dando gracias al cielo y dándole un beso a la estampa de la patrona de su pueblo, la Virgen de Linarejos y del Cristo de la Penitencia, a quién mientras el tribunal deliberaba (una larga hora que se hizo eterna) ella estaba rezando. Fue un momento mágico, en el que no pudo contener la emoción. Fueron muchos años de sacrificio y estudio, en los que tuvo que estudiar trescientos veintiocho temas de disciplinas jurídicas, donde tuvo que competir con cuatro mil trescientos aspirantes, en los que tuvo que superar tres exámenes eliminatorios para intentar conseguir ciento sesenta y ocho plazas. Consiguió la plaza con veinticinco años, la más joven de su promoción. ¡Por fin cumplió su sueño! No podía parar de achuchar a sus padres. El aprobado era también una liberación para ellos. Ese día sintió una mezcla de nervios y alegría, para Blanca fue un reventón de emociones. Tres años opositando y ya soy una futura jueza. Era la profesión que había elegido, porque creía en la justicia, en la igualdad, en las oportunidades.

Lo vio muy claro desde el principio, quizás inspirada por su madre que era fiscal. Viajó con sus padres desde su ciudad, Córdoba , y convirtió la habitación del hotel "en un despacho gigante" la noche anterior. A pesar de todo, pudo dormir bien. El peor rato de los exámenes fue la espera en el pasillo. Lo pasó fatal, se quería ir por donde había venido. Pero luego se repuso, repasó mentalmente los temas, relajó la tensión cuando vio que se sabía los temas. Se hizo amigo de los bedeles del Tribunal Supremo, que son grandes aliados en esas duras horas de espera. En el primer ejercicio le pidió que le enseñara como funcionaba el micrófono. Le acompañó a la sala antes de que llegara el tribunal. Cuando salió la bolita del primer tema, le tocó un tema difícil y le entraron ganas de levantarse pero se dijo: de aquí no me sacan ni con agua hirviendo.

Los días siguientes pudo pasar más tiempo en su ciudad, Córdoba, pudo viajar, compartir tiempo con sus amigos en el bar y en el verano hizo una cosa que deseaba hace tiempo, hacer una parte del Camino de Santiago.

Le costó mucho esfuerzo mantener un equilibrio entre la disciplina de estudio y la vida social. Para ella fue muy importante no desconectar de sus amigos, de su familia, porque sino, sólo el estudio era deprimente. Fue a darle las gracias también a su preparador, un veterano juez, con el que aprendió mucho derecho y con el que cogió mucha soltura para hablar en público. De él aprendió que esto era una carrera de fondo, aprendió como se triunfa con el esfuerzo, el tesón y la fuerza voluntad. Y le dijo que el esfuerzo había merecido la pena, fue el día más feliz de su vida y eso que tengo que reconocía que hubo un momento que estuvo a punto de tirar la toalla cuando suspendió en la primera convocatoria.

Luego llegó la escuela judicial, que es donde aprendió verdaderamente a ser juez. Este paso lo emprendió con ilusión y con respeto por la responsabilidad del trabajo que iba a asumir. Esta etapa duró veintisiete meses, incluidas unas prácticas tuteladas en un juzgado, donde también aprendió muchísimo. Aprendió esta vocación de servicio público, que ojalá no pierda nunca y pudo seguir cumpliendo con ella. Ahí aprendió a tomar decisiones que nadie más que ella tomaría, decisiones del tipo, si se ha de respetar la voluntad de una persona de morir por no recibir tratamiento médico, o si esa persona no está en condiciones de tomar esa decisión y no ha de dejársele morir; o si el receptor de un trasplante de un órgano vital lo va a recibir, o no. Si una persona queda libre por ser inocente de un asesinato o si es condenada a treinta años, ¡treinta!, de prisión; o si la persona más adecuada para tener la custodia de una niña de cuatro años es su madre, que padece alteraciones de la personalidad, o su padre, que ha sido condenado por violencia doméstica.

Las prácticas en el juzgado con su juez tutor fueron fundamentales, allí recibió las primeras declaraciones, los primeros juicios y los primeros modelos de resolución, comenzó a tratar con los funcionarios del juzgado, y convivió con los que dentro de un año serían sus compañeros, y que ellos ya la consideren y traten como los que en realidad saben que son, uno de ellos; y todo eso me ocurrió por primera vez en esta etapa. Fueron cuatro meses en un Juzgado de instrucción, cuatro en un Juzgado de Primera Instancia. Quince días en un Juzgado de Violencia contra la Mujer, a la vez que varias visitas intercaladas a la Audiencia Provincial, Juzgados de lo Penal, Fiscalía, Instituto de Medicina Legal, Registro de la Propiedad.

La figura del juez tutor es muy importante ya que ella, como juez en prácticas, se fijó y absorbió como una esponja, la actitud de su compañero tutor en todo, su puntualidad, preocupación por el justiciable, la forma en que recibe, su empatía con los particulares y profesionales; como se relacionaba con el letrado de la administración de justicia, los funcionarios, otros compañeros; así como con su enfoque de las cuestiones jurídicas, su forma de razonarlas...... Es un año en el que nunca estuvo sola y aunque no decidió nada, ya que "no tenía firma", esta irresponsabilidad le permitió ir adquiriendo, gradualmente habilidades técnicas que cuando en un futuro fuese juez iba a hacer a diario. Agradeció mucho, como Mauricio, su juez-tutor le enseñó a redactar el acta de las declaraciones, le enseñó a dirigir los juicios, le enseñó a acostumbrarse a actuar en público, controlar el orden correcto de las intervenciones, dirigir las declaraciones, reconduciéndoles a los términos estrictos del debate jurídico, a saber imponerse y reconvenir cuando alguna parte se muestra impertinente..... Y sobre todo, le permitió ir actuando y comportándose como un juez en el día a día del Juzgado. Le enseñó Mauricio a sentirse Jueza y tener la autoestima y confianza suficiente para ser capaz de tomar decisiones de tanta trascendencia que harían palidecer al más común de los mortales. Respetó cuando Blanca discrepaba del criterio del tutor. También le enseñó, porque la simulación es total, a que debía decidir ante el silencio de la sala, en medio del juicio y todos esperando que decida algo, a aprender de sus errores, recuerdo en un juicio donde Blanca tuvo el permiso para resolver de palabra, y el tutor no compartía su criterio, y así lo anunció de viva voz en el juicio. En una palabra, le enseñó a ser juez…..

El autor nace en París el 2 de octubre de 1965, doctor y licenciado en Derecho por la UNED, diplomado en Criminología por la Universidad Europea Miguel de Cervantes, máster en Administración local en el Instituto Nacional de Administraciones Públicas.

Realizó en la Universidad de La Rioja los cursos de doctorado y defendió el Diploma de estudios avanzados con el trabajo El derecho de los padres a elegir el tipo de educación que deseen para sus hijos. Defendió su tesis doctoral Jurisdicción cuasiepiscopal de las Ilustrísimas Abades del Monasterio de Santa María de Cañas en la UNED, donde obtuvo el sobresaliente cum laude.

Entre sus obras, destaca: Multiculturalidad en la Villa de Cañas, edita Monografía, Tirant lo Blanc, Valencia, 2013. En 2015, presentó el Diccionario de jugadores del Real Madrid de Ediciones T&b. En 2019, presenta El rey halcón con ediciones Valhalla. En el 2022 "Sueños desde una patera" con ediciones Valhalla, en el 2023 "Fernando III el santo, un adelantado a su tiempo" con editorial Hades y en el 2024 la novela policiaca "Asesinato en el rectorado" con libros Indie. Ha participado en diversos premios literarios.

**ENRIQUE MARCOS**

*¡Por fin soy juez!.*

## ALICIA MORALES FERNÁNDEZ

# PRÉSTAMOS

Es suave, le caen lo rizos por los hombros, sonríe. Se sienta y recoge *La isla del tesoro* de Robert Louis Stevenson, lo mira entusiasmada. Saca del bolso *El extranjero* de Camus, se va. Ahora me tocará vivir con un existencialista.

La primera vez fue una niña, venía con su madre, se pusieron a leer *El traje nuevo del emperador de* Andersen. Un libro grande, lleno de letras grandes y de dibujos de colores. La mujer leía en voz alta, pasaba los dedos por las palabras, por las ilustraciones… la niña preguntaba. Después leía la niña y la madre preguntaba, poco a poco me fue interesando la historia. Alguien las llamó y se fueron. Me lo dejaron allí, se les olvidó.

Al día siguiente un estudiante se sentó y estuvo hojeándolo, lo guardó en la mochila, sacó de ella *La Regenta* de Clarín, se fue. Me pareció enorme, con demasiadas letras, no tenía dibujos y estaba subrayado. Ese libro tan basto, de lectura obligada de Instituto, me tuvo enamorado de Ana Ozores. Me llevó a una ciudad hermosa muy parecida a esta ciudad, llena de prejuicios, de envidias. Una ciudad antigua con gente manipuladora… no lloré porque no estoy hecho de agua. Me resquebrajé un poco por dentro. Amé y odié en partes iguales a Anita y a Fermín de Pas.

Me dolió cuando la señora de pelo blanco, que siempre les echa pan a los pájaros, lo guardó en su bolsa, quise gritarle que *La Regenta* era mío, pero no tengo voz. Ella con mucho cuidado depositó *El amor en los tiempos del cólera* de García Márquez y desapareció dejando una estela de palomas y gorriones…

Aún recuerdo el balanceo de la barcaza rio arriba, rio abajo… El amor tranquilo, pausado, correspondido de la vejez, la manera de huir como adolescentes apurando los últimos tragos de la vida. Esta novela me enseñó que los humanos tienen muchas maneras de amar, que todas son buenas, que son seres complicados que llegan a la sabiduría cuando les queda poco tiempo. Estuve triste, pero era una tristeza dulce, me había cubierto de una pátina de melancolía.

Después una chica joven que le hablaba a su perro lo guardó y dejó con una sonrisa *El amor, las mujeres y la vida* de Benedetti. Ahí fue cuando aprendí a *defender la alegría* y supe con certeza que él estuvo aquí:

*Ah si pudiera elegir mi paisaje*
*elegiría, robaría esta calle,*
*esta calle recién atardecida*
*en la que encarnizadamente revivo*
*y de la que sé con estricta nostalgia*
*el número y el nombre de sus setenta árboles.*

Mario había estado contando como yo los árboles, había visto el atardecer desde mi espacio, había estado allí, estaban sus palabras en mí. Sentía como suyo, el roce de las hojas que me acariciaban en otoño.

Fue doloroso pero dulce cuando nos separamos. El estudiante de arte miró el libro, lo guardó y con mucho cuidado dejó *La soledad era eso* de Juanjo Millás. Estaba yo muy interesado con Elena y el detective cuando volvió. Me asusté, no lo había terminado, no podía arrebatármelo aún, tenía que cumplir su ciclo, mi ciclo. El artista sacó un pincel largo y dibujó en mi respaldo *Si te gusta llévatelo, antes deja otro libro*. Y se fue.

Después vino una chica joven, con el pelo rosa y azul, vestida como un duende, sacó sus pinceles y con letras doradas de cuentos de los hermanos Grimm escribió *Bibliobanco.*

He conocido clásicos maravillosos, me han emocionado los sonetos de Quevedo, los de Lorca, he tenido entre mis tablas a Manolita de Almudena Grandes convirtiéndose de niña asustadiza a una mujer valiente, sufrí con ella las visitas a las cárceles. Aprendí el valor de la resistencia. Comprendí porque *Malena tiene nombre de tango*…

Me he reído con Eduardo Mendoza, su detective loco y el comisario Flores…. Sentí por dentro la fuerza del monólogo con *Cinco Horas con Mario* de Miguel Delibes. Me ha hecho pensar, dudar Kundera sobre *La insoportable levedad del ser*: ¡Tiene que ser difícil ser humano cuando no tienes otra vida para ensayar!

He corrido tras el conejo blanco de Alicia, me he precipitado al vacío, he estado en un jardín donde las flores hablan.

Comprendí a la caballería polaca gracias a Muñoz Molina que vino de la mano de *Manolito Gafotas.*

He viajado infinidad de veces con Julio Verne, he salido volando por la ventana con Martín Gaite. Neruda me lleva a su Isla Negra con los *Versos del Capitán* cuando los recitos de memoria.

¡Y la de aventuras que he vivido con Alonso Quijano!

He aprendido a cocinar, a hacer disfraces, a curar mi tristeza con los cuentos de Bucay.

Alguna que otra literatura erótica se ha posado en mí…

Soy un banco afortunado, un banco libre. Un banco librepensador de huesos de hierro forjado y alma de madera. Soy un banco feliz. Estoy lleno de historias, rebosante de literatura….

Y todo empezó con un viejo cuento, una niña y una madre que se lo supo contar.

Siempre he escrito, adoro los libros y la literatura. Leo muchísimo. Empecé a publicar hace un par de años, tengo dos novelas "Donde madura el limonero" y. "Entre el olvido y la memoria". Uno de poemas: "La bendición de Lilith" y está próximo a edición una nueva obra.

Este relato habla de la magia de los libros, de las bibliotecas, de la importancia que tienen para crear hombres y mujeres librepensadores, tolerantes, buenos.

**ALICIA MORALES FERNÁNDEZ**

## MARGARITA DEL BREZO GÓMEZ CUBILLO

# SIETE AÑOS DE BUENA SUERTE

**P**oco podía imaginarme ese lluvioso día de septiembre que mi vida iba a dar un giro de ciento ochenta grados. Acababa de perder la venta de una suntuosa casa en una de las zonas residenciales más lujosas de la ciudad cuya comisión iba a permitirme pagar todas las deudas acumuladas durante los últimos tres años; mi novio me había confesado a través de un mísero mensaje de móvil que estaba enamorado de otro, así, sin más, ni un triste emoticón siquiera se molestó en añadir; y, por si eso no fuera suficiente, resbalé nada más entrar en el baño con la lluvia que se había colado a través de la ventana mal cerrada. Para no caerme me agarré como pude al lavabo y golpeé sin querer la jabonera, que salió despedida, chocó contra una esquina del espejo, rebotó sobre la taza del váter y cayó estrepitosamente al suelo rompiéndose en mil pedazos del tamaño de los granos de sal gorda. Mientras intentaba recogerlos con las manos desnudas, lloraba de rabia e impotencia, ¡qué más podía pasarme!, pero no fue hasta que vi la grieta del espejo que me entró un miedo ancestral, lo que quiera que signifique ancestral, que me cortó de raíz el llanto: desde bien pequeña había escuchado repetir a mi madre que romper un espejo trae siete años de mala suerte y no quería ni imaginar que el día tan horrible que había tenido, y que aún no había terminado, pudiera prolongarse durante tanto tiempo.

Decidí entonces meterme en la cama sin cenar para no tentar a la suerte. Por fortuna estaba tan cansada que dormí del tirón hasta que sonó el despertador. Me levanté hambrienta y de mal humor, aunque el mal humor es habitual en mí a esas horas; hasta que no desayuno, soy intratable. Supongo que esa es una de las razones por las que vivo sola, aunque mi madre tiene una lista de motivos muchísimo más extensa. Me di una ducha rápida y, cuando estaba limpiando el vaho del espejo con la mano para ponerme la crema antiarrugas, vi cómo mi reflejo se agachaba, se doblaba como un contorsionista y salía por la grieta que la jabonera había hecho la noche anterior, apoyando los pies en el lavabo primero y después el resto del cuerpo, para terminar con un grácil salto que lo condujo milimétricamente a mi lado.

—¡¿Pero qué haces?! —exclamé mitad atónita, mitad cabreada. —¡Haz el favor de volver a tu sitio y reflejarme para que pueda verme! —le ordené. Pasados unos segundos de la primera impresión ya me sentía bastante más cabreada que atónita. Pero él se frotaba un corte muy feo que se había hecho en el brazo, con alguna esquirla, supuse, y no me prestaba atención.

Por un momento sentí lástima, un momento corto, pero lo suficientemente largo para que me diese tiempo a sacar el botiquín que guardaba en el armario y tendérselo con el brazo bien estirado para mantenerlo alejado de mí, no me fuera a salpicar la sangre.

—Anda, toma, cúrate esa herida, pero después vuelves por donde has venido, ¿de acuerdo? —le advertí. Y

100

mientras él se limpiaba con un algodón empapado en agua oxigenada, yo me echaba la crema a ciegas y maldecía para mis adentros.

Como se hacía tarde y, además, tenía hambre, recordé que no había cenado la noche anterior, me fui a preparar el café y dejé a mi reflejo concentrado en sus primeros auxilios. Apareció minutos después en la cocina, con una aparatosa venda en el brazo y una media sonrisa en la cara; y sin esperar invitación ni mediar palabra, se sentó frente a mí en la mesa como si me conociera de toda la vida. No tenía ganas de discutir tan pronto así que le señalé con un ligero movimiento de cabeza dónde estaban las tazas. Se levantó y se sirvió un café con leche largo de café, idéntico al mío.

—¿No tienes azúcar? —habló por primera vez. Su voz era cadenciosa, suave y grave al mismo tiempo, idónea para un locutor de radio de uno de esos programas nocturnos a los que llama la gente que no puede dormir. No se parecía en nada a la mía.

—¿Azúcar? ¡Ni se te ocurra tomar azúcar!, ¿qué pretendes, que me ponga gorda como un marsupial? —le contesté ofendida.

—¿Un marsupial?, ¿no querrás decir un elefante? —Hizo una mueca de no entender nada, luego otra de resignación mirando al café y a continuación otra de asco mientras daba el primer sorbo. Dejó la taza sobre la mesa y se puso a mirarme comer como un cachorrillo abandonado. Abandonado y hambriento. Intenté centrarme en los mensajes del móvil, pero su mirada era intensa y afilada como las agujas que utiliza mi madre para bordar mi ajuar, así que terminé por darle, no sin hacer un gran esfuerzo, la mitad de mi tostada. No había hecho la compra esa semana y no quedaba nada comestible en casa, salvo una lata de guisantes a punto de caducar. Los guisantes me dan gases.

Cuando terminamos el desayuno volví a pedirle que regresara al espejo, pero él me suplicó con su voz radiofónica que le dejara en libertad hasta la noche y, como yo seguía sin tener ganas de discutir, accedí. En el fondo sentía curiosidad por saber cómo se desenvuelve un reflejo al otro lado del espejo, aunque eso no se lo dije.

Nos vestimos a la vez, como si estuviésemos sincronizados, él de verde y azul y yo de azul y verde, y salimos juntos hacia la oficina. Me pidió que le dejara conducir, pero me negué y se sentó sin protestar en el asiento del copiloto. En el trabajo lo presenté como un primo lejano que había llegado del pueblo a pasar unos días conmigo. Todos los compañeros comentaban impresionados el gran parecido que teníamos mientras le daban rítmicas palmaditas de bienvenida en la espalda ellos y sonoros besos en las mejillas ellas. A la hora del almuerzo, temerosa de que metiera la pata porque no dejaba de hablar con unos y con otras, lo envié al supermercado con una lista de la compra, algo de dinero y las llaves del apartamento. Cuando volví a casa, la cena estaba hecha, la nevera llena y el salón parecía otro a la luz de las velas que había comprado en una droguería que estaba en liquidación, según me contó mientras yo me chupaba los dedos con la lubina al horno que había preparado.

—¿Dónde has aprendido a cocinar así? —le pregunté. No imaginaba hornos ni neveras llenas ni mercados abarrotados ni programas de master chef al otro lado del espejo. Y de mí no podía haberlo aprendido puesto que soy una fan incondicional de la comida precocinada. Se limitó a encoger los hombros y a sonreír enigmáticamente mientras me servía un poco más como toda respuesta.

Las semanas siguientes se encargó también de la limpieza y de la plancha, regó y abonó las plantas, compró algunos objetos decorativos que fue colocando con mucho gusto aquí y allá y también unos altavoces para conectar al portátil «por si algún día nos apetece bailar», explicó mientras movía su estilizado esqueleto al ritmo de una música que solo oía él.

Desde entonces mi vida es fantástica en todos los sentidos. Y, además, como tenemos los mismos gustos, —excepto con el azúcar, aunque se nota que ya se va acostumbrado al sabor amargo del café porque ya no hace tantos aspavientos cuando lo ingiere—, ni siquiera tengo que preocuparme de decirle lo que quiero comer, los libros que me gustan o lo que me apetece ver en la televisión. Siempre se adelanta a mis deseos. Incluso se lleva bien con mi madre. ¡Es una maravilla!

Aunque todo es efímero en esta vida y anoche tuvimos nuestra primera discusión. Se empeñó en salir a dar una vuelta aprovechando que era viernes y que al día siguiente no teníamos que madrugar, pero yo no estaba de humor: otro comprador de mi famosa casa, esa de la comisión escandalosa, me había vuelto a dejar con la miel en los labios al arrepentirse justo el día en que habíamos quedado para firmar la venta. Así, sin más explicaciones. Aunque lo peor no fue eso, lo verdaderamente horrible fue enterarme de que dicho comprador era el novio de mi ex, que lo esperaba, el muy cobarde, al volante de un coche de esos que salen en las series de la gente asquerosamente rica aparcado justo delante de la puerta de la inmobiliaria para que fuera imposible no verlo. Ni yo ni mis compañeros, que no dejaban de mirarme y cuchichear sin molestarse en disimular las risitas que se les escurrían de sus bocas maliciosas. La verdad es que tenía un berrinche que no sabía dónde meterme. Terminé en el baño de señoras hecha un mar de lágrimas, con peces y algas incluidos.

Por supuesto la discusión con mi reflejo terminó enseguida. Que sí, que él será muy majo, servicial hasta la saciedad y con una mano en la cocina digna de admiración, pero en casa mando yo, faltaría más. Le dije que no, que no íbamos a salir y, para dejárselo más claro todavía, me tumbé en el sofá a ver una película que no me interesaba lo más mínimo. Al comprobar mi terca reacción se marchó a la cama ofendido y muy, y destaco lo del «muy», disgustado, aunque antes tuvo la deferencia de pararse a recoger la cocina.

Nunca antes lo había visto así y eso me incomodó. Bastante. Hasta me preocupé y todo. No conseguía dormir dándole vueltas a la cabeza. Tenía que hacer algo, y rápido, así que al final me levanté. Todavía no había amanecido. Pasé por delante de la puerta de su habitación, pegué la oreja por si oía algún ruido que me hiciera sospechar que él tampoco podía dormir, —silencio absoluto—, para no despertarlo continué de puntillas hasta el baño y arreglé a toda prisa la grieta del espejo.

Al verlo esta mañana se ha puesto hecho un basilisco y me ha amenazado con marcharse de casa.

—Lo que has hecho no tiene nombre —me dice con su voz de telenovela tan poco afortunada para mostrar enfado. Intento explicarle la teoría del espejo roto y los siete años de mala suerte que me contaba mi madre para amedrentarme, pero no le interesan esas paparruchas, dice, y se encierra en su habitación dando un portazo.

Espero que su rabieta sea una simple cuestión de imagen.

Psicóloga de profesión y por devoción. A ratos, cuentista. Siempre aprendiz.

Tengo los pies fríos, la imaginación escurridiza y un humor ambidiestro e inestable. Me gusta leer las líneas de la mano, estar en las nubes y hacer solitarios con las cartas que no escribí.

Autora del libro de microrrelatos «Un bocado y medio». Puedes leer mis pequeñas historias en el blog www.escribirsobrelapuntadelai.

**MARGARITA DEL BREZO GÓMEZ CUBILLO**

*Siete años de buena suerte.*

## LEOPOLDO SÁNCHEZ VALENCIA

# TUMBA 3786

—¡**V**amos! ¡Daos prisa! ¡No tengo todo el día y los picoletos pueden llegar en cualquier momento! ¡Montaos ya que os dejo en tierra! – manifestó Laarbi airadamente, casi sin mirarles a la cara.

Mamadou intentaba aligerarse todo lo que podía pero su paso era lento porque una joven guineana que se encontraba embarazada se había agarrado de su brazo en un gesto con el que le pedía, sin palabras, que la ayudara a caminar por la playa y subirse a la patera.

—¿Cómo te llamas? ¿De dónde eres?—le preguntó Mamadou, curioso.

—Me llamo Aminata, vengo de Kérouane. ¿ Y tú? – respondió ella.

Pero las prisas y los gritos de Laarbi le impidieron responderle. Se encontraban en una playa pequeña y rocosa de la bahía sur de Ceuta, desde la que se divisaba Marruecos a duras penas, ya que el fuerte viento de levante y la bruma cubrían con una pátina borrosa el horizonte, y le llegaba un fuerte olor a salitre transportado por las gotas de agua que se difuminaban tras los golpes de las olas contra las rocas. Les habían dado el aviso la noche anterior, después de la cena en el centro de estancia temporal de inmigrantes, tras siete largos meses de espera durante los cuales habían tenido contacto con varias personas que les ofrecían llegar a la península de diversas maneras y a cambio de diferentes cantidades. Desde pasar ocultos en habitáculos preparados dentro del motor de furgonetas a embarcar pasando por el filtro policial de pasajeros, previo soborno del funcionario que estuviera de turno...

Al final, Mamadou, animado por los testimonios de otros senegaleses de su pueblo, se había decantado por el paso a través del mar, con la esperanza de correr la misma suerte que aquellos y acabar dedicándose a la venta ambulante en alguna ciudad del norte de España, donde el producto de dicha actividad y las ayudas le permitirían sostenerse y enviar algo de dinero a su familia en Kanel. Aunque no podía desdeñarse que otro factor decisivo había sido el precio, ya que los tres mil euros que le exigían era una cantidad sensiblemente inferior a la que le pidieron otras personas.

Tras salvar la distancia entre la furgoneta y la patera, la joven guineana le pidió en francés que la aupara a la embarcación, mientras el resto de personas hacía lo propio, de forma desordenada y atropellada. Tras su cálido "merci", que contrastaba con el frío viento que soplaba a esas horas iniciales del amanecer, Mamadou subió en último lugar sentándose a duras penas en la zona de la popa, ya que el resto de los inmigrantes se habían distribuido como habían podido por el reducido espacio que les brindaba la embarcación, y a renglón seguido, sin tiempo que perder, Laarbi aceleró bruscamente, saliendo de la Cala del Desnarigado.

En cuanto el patrón viró a babor y puso dirección a Punta Almina dejaron de estar protegidos por los recodos de la cala, y el temporal se empezó a hacer más evidente, golpeando continuamente las olas el estribor de la patera, acercándoles peligrosamente a los salientes de algunas rocas. Debido a la inestabilidad de la barca y los continuos balanceos, recordó lo que habían convenido con el organizador del pase la noche antes y se dirigió a Laarbi elevando la voz para que el fuerte viento no la silenciara:

—Por favor, saca los neoprenos y los chalecos salvavidas, es mejor ponérselos ahora que aún no estamos en medio del mar, por favor, señor.

—Mira, morenito, yo no sé de qué me hablas... ¿Tú ves aquí neoprenos o salvavidas? ¿No, verdad? Anda, siéntate y sujétate bien, que si te caes al mar no voy a ser yo el que te ayude... —acompañando a sus últimas palabras una sonrisa de desprecio.

Ante la negativa de Laarbi a entregarles lo prometido, el resto de inmigrantes comenzaron a gritar y a exigirle que se los entregara inmediatamente, siendo sus peticiones ignoradas. Mamadou pensaba que serían unas seis personas en total, pero esa mañana eran finalmente trece, de los cuales cinco eran mujeres, y entre los varones había un menor de edad que viajaba con su madre. Él era el único senegalés, y además de la chica de Guinea, el resto provenían de Sudán del Sur, Siria y Argelia.

Las condiciones del pase habían quedado claras en la víspera con el marroquí con el que había llevado la negociación durante los siete últimos meses: cada uno debía pagar una cantidad de tres mil euros, realizándose el pago por los familiares una vez arribaran a la costa peninsular. Les habían prometido hacer el traslado en una embarcación náutica recreativa y cabinada, que irían cómodos y en el interior del camarote para no despertar sospechas a las patrulleras de la Guardia Civil, que sólo serían seis personas, que habría comida y agua… y lo más importante, que habría trajes de neopreno y chalecos salvavidas. Este fue el extremo sobre el que más insistieron en su momento Mamadou y el resto de sus compañeros de travesía, ya que muchos de ellos no sabían nadar o lo hacían a duras penas y además las frías aguas del estrecho en el mes de febrero no les permitirían sobrevivir mucho tiempo si caían al agua sin contar con un buena protección térmica.

Sin embargo, lo cierto es que aquello no tenía nada que ver con lo estipulado. Viajaban en una embarcación marroquí para pesca, desvencijada, donde a lo sumo cabrían seis personas… además carecía de cualquier elemento de seguridad e iluminación, y el exceso de peso comprometía seriamente la flotabilidad.

Tras dejar atrás el faro Laarbi recibió una llamada al móvil informándole de que había vía libre porque no se habían divisado patrulleras desde el Monte Hacho ni la zona de Benzú, por lo que redobló la velocidad del motor poniendo rumbo a la península, de la que ya se empezaban a vislumbrar algunas luces, mientras Mamadou y el resto de acompañantes se intentaban proteger como podían del frío, de las salpicaduras de agua y de los continuos vaivenes a causa de los impactos de las olas.

A mitad del estrecho la intensidad del viento y las olas se redujo considerablemente y la preocupación y temores iniciales se fueron disipando. No había rastro de la vigilancia policial y las antes lejanas luces del campo de Gibraltar se iban haciendo cada vez más alcanzables. Mamadou rezaba, aun cuando nunca había sido de rezar, pero necesitaba algo a lo que asirse, encontrar serenidad…

Su rostro reflejaba el peso de la distancia y la nostalgia, pero también la promesa de un mañana distinto.

Contemplar el peñón de Gibraltar le recordó los inicios de su viaje hace dos años, desde su pequeño pueblo de Kanel, hasta Tombuctú, donde tuvo que pasar dos meses hasta encontrar el modo de llegar a Nuakchot, para acceder a Marruecos quedándose un mes en Dakhla y desde ahí ir subiendo haciendo autoestop, parando en tantos pueblos marroquíes que no ha podido recordar sus nombres… Tras cuatro meses viviendo en un campamento cercano a la localidad marroquí de Beliones organizaron un salto a la valla fronteriza en el que intentaron entrar a Ceuta más de ochenta personas, alcanzándolo a lo sumo unas quince, entre las que tuvo la fortuna de encontrarse. Aún recuerda las quince horas que esperó oculto entre los arbustos, herido, magullado, descalzo…evitando que pudieran cogerle. Aguantó alimentándose de hojas de los arbustos que le rodeaban y haciéndose encima sus propias necesidades. Cuando por fin se decidió a abandonar su escondite comenzó a andar desorientado por los senderos de García Aldave hasta que se encontró con un ciclista que le ofreció agua y al que preguntó en qué dirección debía ir para encontrar el CETI…

Absorto en sus pensamientos, una sirena policial le sobresaltó. Los radares de la Guardia Civil les habían acabado detectando y una patrullera se acercaba a ellos a gran velocidad haciéndoles señales luminosas y acústicas para que detuvieran la marcha de la embarcación. Laarbi decidió entonces cambiar la ruta y dirigirse a la zona algecireña de Punto Carnero, donde podría hacer una descarga más rápida de los inmigrantes e intentar zafarse del acoso policial.

Sin embargo, la potencia del motor no daba para más y la patrullera estaba a punto de ganarles la posición, por lo que Laarbi comenzó a gritar y preguntar si alguno sabía nadar, era apremiante liberar peso o no conseguirían llegar a la playa…

—¡Nadar! ¿Nadie sabe nadar aquí? ¡Nager! ¡Swim, swim! – mientras hacía el gesto con los brazos para que todos pudieran entenderle—, joder, ¿es que no me entendéis? ¡Pues ahora me vais a entender!

Acto seguido, Laarbi agarró del brazo a un joven sudanés que tenía a su lado y sin vacilar le empujó fuera de la patera, cayendo al agua mientras su grito se ahogaba. El hombre sirio que estaba sentado junto al sudanés se levantó para protestar y Laarbi aprovechó que se erguía para propinarle un fuerte golpe en el pecho, arrojándole al mar, provocando el alarido del resto de ocupantes.

La patrullera debía elegir en ese momento entre socorrer a los dos inmigrantes caídos al agua o continuar la persecución, conociendo perfectamente Laarbi cuál sería la decisión, por lo que aprovechó el menor peso que ahora soportaba la barcaza para continuar su camino y establecer más distancia.

Cuando llegaron a Punta Carnero el oleaje volvió a subir de intensidad y Laarbi comenzó a observar la zona para determinar el sitio menos malo donde hacer el desembarco, ya que las prominentes rocas apenas dejaban sitio para pasar, pero en ese momento se volvió a escuchar la sirena de otra patrullera, que había acudido tras recibir aviso de la anterior, hecho que elevó el nerviosismo de Laarbi, que comenzó a sentirse acorralado...

Entonces, de forma súbita, empezó a decirles a los ocupantes de la patera que se lanzasen al agua, animándolos falsamente mientras señalaba la orilla y les gritaba "¡Europa, Europa!". Mamadou y sus compañeros observaban incrédulos la petición, era imposible llegar a la orilla sin riesgo de ahogarse a causa del oleaje y de las rocas, y todos se aferraban a sus asientos, conscientes de que se encontraban en un callejón sin salida.

Mientras Laarbi les instigaba, descuidó el timón de la embarcación, que acabó golpeándose con el saliente de una roca provocando una fuerte sacudida que le lanzó al agua. Sin patrón, quedaron a merced de las aguas inclementes y los vientos traicioneros, que continuaron quebrando sin piedad no solo las maderas de la barca sino también sus sueños y esperanzas.

Mamadou era zarandeado de un lado al otro por la fuerza de las aguas y en esos últimos momentos le llamó extrañamente la atención que el frío intenso del agua le proporcionara una sensación parecida a la de quemarse con las brasas del fuego. Lo único que alcanzaba a hacer era mover de forma descoordinada sus brazos y sus piernas mientras pedía socorro a los tripulantes de la patrullera, que no podían acercarse a ayudarles sin sacrificar su propia seguridad.

En una de dichas brazadas golpeó algo blando, girándose y percatándose de que era el cuerpo inerte y flotante de Aminata, quien nunca supo, ni sabrá ya su nombre.

Ávido lector, desde siempre, el inicio de mi viaje como escritor surge gracias a este concurso, abordando temas que exploran las complejidades de los sentimientos humanos y ahondan en la crítica social. En esta obra, reflexiono sobre la inmigración, dando voz a las situaciones y desafíos que enfrentan aquellos que buscan un nuevo comienzo, con la esperanza de continuar explorando historias que conmuevan y provoquen reflexión en el lector.

**LEOPOLDO SÁNCHEZ VALENCIA**

## JOSÉ LUIS LACACI LÓPEZ

# UN CUENTO PARA EL CAMINO

**H**ace muchos, muchos años que la cristiandad representada por inmensas cantidades de hombres y mujeres a lo largo de siglos, busca la redención de sus errores terrenales o, mejor dicho, el jubileo, dado que me voy a referir al Camino de Santiago.

El antiguo camino que partiendo de lugares diversos, atraviesa las comarcas de gran parte de España, cruza con humilde respeto lugares sagrados que se levantan a su paso, erguidos como guardianes de la fe, otros se mantienen heridos por el tiempo y lucen su historia en las cicatrices de sus nobles piedras.

Os preguntareis si la historia que voy a narrar sucedió alguna vez, pues os diré que sí, que pudo suceder o quizá no, que cada uno saque lo positivo que pueda de ella y arroje el resto al olvido o mejor todavía, que lo vierta sobre las piedras del camino. Ocurrió en una época lejana entre los pueblos y huertas ribereñas que mitigaban su sed bebiendo del cauce del río Duero, como cualquier peregrino que hacía el camino atravesando las tierras de Soria.

Herodes era un mal hombre, ladrón y pendenciero que no respetaba a nada ni a nadie. Habitaba o mejor dicho, se escondía en una vieja oquedad que había junto a la entrada del castillo de la pequeña villa. Se encontraba ubicada en las ruinas del antiguo acceso, bajo la antigua capilla y los aldeanos lo denominaban "el pozo oscuro". Allí, solitario, como un oso de las montañas, pasaba las noches al abrigo de las viejas piedras que lo conformaban desde épocas romanas y con una gran piel se cubría cada noche para protegerse del frío. Bajo una enorme losa, en el suelo, guardaba sus pertenencias, que, a resultas de sus múltiples asaltos a caminantes, eran cuantiosas y de gran valor.

Deambulaba por las rutas del Camino de Santiago buscando sus víctimas entre los desvalidos peregrinos que circulaban por los senderos del municipio y sus alrededores hasta un espeso bosque. Allá por donde iba, su fama de ruin aumentaba proporcionalmente a sus reprobables hechos. Era conocido en toda la comarca y a la vez temido por su desmesurada fuerza, tan enorme como su estatura.

Él se consideraba un hombre con suerte; algunos paganos decían que, tocado por los dioses, y aunque vivía en lugar sagrado, en realidad no creía en nadie que no fuera él mismo. Cierto día, la ruleta de la fortuna de Herodes comenzó a girar como siempre lo hacía, pero esta vez lo hizo en sentido contrario, comenzaba su mala racha, la suerte adversa se hizo su fiel e indeseada compañera. Una mañana, cuando acechaba en la ribera izquierda del rio a unos campesinos que volvían de vender su cosecha y se disponía a cruzar el antiguo puente, de repente, se sintió indispuesto y a punto estuvo de dar con sus huesos en el agua.

Con gran dificultad logró atravesar el puente de piedra y como estaba junto a la aldea, decidió dirigirse a visitar al médico. Según el galeno, una desconocida enfermedad llegada de tierras lejanas le había atacado de lleno y le había invalidado los dos pies.

Herodes no lo soportaba, pasear por el pueblo arrastrando sus piernas, a merced de las burlas y el escarnio general de la gente. El malvado individuo, no se conformó con aquél revés sobrevenido en su vida y como pudo, se adentró en el bosque de abedules hasta la choza del curandero más perverso del lugar, para tramar una terrible cura. Después de maquinar en su cabeza un oscuro plan, valiéndose de unas muletas y su inmensa fuerza, se apostó a la salida del bosque y asaltó en el camino a un pobre campesino que provenía de la iglesia románica de San Miguel y se dirigía a ganar el jubileo a Santiago.

Le cortó los pies y después de guardarlos muy bien envueltos en un paño con nieve que conservaba en un nevero próximo, se encaminó a la casa de Diógenes, el nigromante que habitaba en la umbría del cercano bosque junto a la ribera. El brujo, era si cabe, aún más malvado y ambicioso y le gustaba sobremanera atesorar riquezas a cambio de sus malos oficios.

Éste, procedió a separarle sus dos maltrechos miembros inferiores e implantarle los que tan celosamente llevaba su paciente custodiados en aquél envoltorio. El resultado fue satisfactorio e inmediato, gracias a los ungüentos y pociones secretas. Herodes agradeció al mago sus desvelos con una importante bolsa de monedas, parte de la fortuna que había robado en sus numerosas incursiones y pronto volvió a sus andanzas por aquellos contornos.

Al poco tiempo, otra extraña epidemia que misteriosamente sólo le afectaba a él, contagió al maléfico truhan y esta vez le atacó en sus dos manos que repuso de igual manera, a costa del dolor de los demás. Así, uno tras otro fue perdiendo los diferentes órganos de su anatomía y al carecer de un mínimo de conciencia, no reparaba en extraérselos a su vez a la pobre gente que se cruzaba en su camino.

Llegó el día en el que el médico después de reconocerle detenidamente, notó que algo no iba como debía en su interior y le comunicó que había enfermado del más vital de todos los órganos, el corazón y fue para él una noticia tremenda que le dejó conmocionado. Esta vez podía morir sin remedio y tenía que visitar de inmediato a Diógenes, pagarle lo que le pidiera, pero debía vivir a toda costa.

Después de visitar con urgencia al mago y acordar el precio, salió corriendo como alma que lleva el diablo y con la natural preocupación, se apostó de nuevo al borde del camino a la espera de su víctima a la que en esta ocasión, sin piedad, estaba dispuesto a quitar la vida, pues iba a extirparle nada menos que su órgano esencial, el corazón.

El candidato no tardó en aparecer por el recodo del camino. Era un humilde peregrino, cubierto con un harapiento hábito que provenía de la cercana iglesia de San Miguel y que a pesar de llevar los pies descalzos y con heridas, iba feliz canturreando y echando migas a los pájaros que revoloteaban a su alrededor. Herodes no se lo pensó dos veces y abalanzándose sobre el peregrino, de un tajo le abrió el pecho y tomó su aún palpitante víscera entre sus manos. Tras envolverlo con sumo cuidado, se dirigió sin demora a la cabaña de Diógenes dejando al incauto e infeliz caminante tendido en la cuneta.

El macabro cirujano aguardaba en su lúgubre cabaña la nueva ocasión de aumentar su tesoro. El desalmado enfermo, se recostó sobre la enorme mesa y después de tomarse un bebedizo comenzó a parpadear, mientras, el brujo contaba una a una las monedas con enorme codicia. Cuando Herodes se quedó dormido e iba a proceder al macabro trasplante, descubrió que en el interior del pecho del gigantón solo había un enorme vacío, aquél hombre no tenía corazón.

Aunque perplejo por el hallazgo, el mago no quiso renunciar a sus monedas. Diógenes, sacó el rosado órgano que le habían entregado momentos antes aun palpitando en el hatillo que tan celosamente lo cobijaba y lo depositó en su pecho después de manipularlo con sus malas artes, aguardando nervioso el resultado, esta vez, durante más tiempo que en las anteriores ocasiones.

Cuando Herodes despertó del soporífero efecto de las pociones, sintió por primera vez una extraña y placentera sensación, nunca había percibido nada igual. Aquella, otrora oscura y sombría choza, ahora estaba más luminosa que nunca. Se levantó con una fuerza inusitada y en vez de darle la otra bolsa de monedas pactada, tomó una gruesa cadena que había en un rincón y ató con ella al temible brujo que no salía de su asombro y no paraba de protestar. Luego, cogió todos los sacos de oro que le había pagado, los montó en una mula y se dirigió con ambos, la mula y el mago, al pueblo. Cuando apareció por la calle principal, la gente, temerosa comenzó a esconderse en los portales y tras las esquinas, pues a los dos malvados tenían auténtico pánico.

Herodes, montado sobre la mula, fue visitando casa por casa a los pobres vecinos que había desposeído de sus preciados miembros y después de pedirles perdón de rodillas, les entregaba una bolsa de monedas. Luego, tras amputarse los órganos robados que no le pertenecían, obligaba al nigromante a trasplantárselos de nuevo a sus legítimos dueños que milagrosamente quedaban indemnes de sus mutilaciones pasadas, sin ningún dolor.

Cuando al final cogió el sendero de la iglesia de San Miguel, llegó ante el hombrecillo que alimentaba a los pájaros, que ahora yacía a un lado del camino y cuando Diógenes se disponía a devolverle el corazón tan violentamente robado, una mano detuvo al brujo, era la mano del humilde peregrino que estaba con vida y dirigiéndose a Herodes, que desmembrado, apenas se mantenía sobre la mula le dijo: "No lo hagas, ese corazón no me pertenece, como verás a mí no me hace falta. Tú habías extraviado el tuyo y simplemente yo te he ayudado a encontrarlo. No lo volverás a perder porque ahora lo compartes con todos". Destaparon a Herodes y milagrosamente, bajo la manta, de nuevo lucían sus manos y sus pies auténticos, así como cada uno de sus órganos internos desaparecidos, era como antes, pero a la vez era un hombre nuevo, ahora tenía corazón..

Herodes, completó a pie su camino hasta Santiago y conoció gentes de toda condición que le trataban como a un igual, un hombre de bien que siguió recorriendo cada día durante años los caminos que atravesaban aquellas comarcas, pero no como el malvado asaltante que fue, sino como un arrepentido peregrino que dedicó el resto de su vida a ayudar a las personas de bien que necesitaran su socorro.

Las últimas personas que le vieron dicen que tomó los hábitos de monje de San Miguel. Cuenta la leyenda que en el silencio de la noche su corazón latía con tanta fuerza que parecía un cántico que retumbaba por toda la iglesia.

Un día le vieron alejarse por el camino en compañía de un monje al que nunca habían visto por el lugar, que iba descalzo y con harapos, rodeado de pájaros que cantaban a su paso mientras les alimentaba con migajas de pan.

Jamás volvió a saberse nada de fray Herodes, sólo se recuerda el gran bien que hizo por sus semejantes. Se dice que no hay mal que por bien no venga. Milagrosamente todos olvidaron su tormentoso pasado y con los siglos, sus huellas se fueron borrando de la historia más oscura del lugar. El recuerdo del hombre que no tenía corazón irá siempre unido a la historia gloriosa de aquél mágico lugar de la antigua comarca, a orillas del humilde rio que atraviesa el camino.

Periodista, dramaturgo, guionista y pintor ceutí. He estrenado obras de teatro, escrito guiones para radio y televisión, publicado dos novelas y trabajado en Radiocadena Española, RNE, Radio Voz, TVE y revista Panorama Diplomático.

He obtenido el 1º premio cuentos, Bilbao 2013; 1º premio Poesía Caja Segovia 2008; 1º accésit Las Siete Artes

*Un cuento para el camino.*

Universales, Alicante 2014; finalista relatos Galapagar 2023 y finalista poesía Ateneo de Sevilla 2023.

**JOSÉ LUIS LACACI LÓPEZ**

## EMILIO BARRANCO CAZALLA

# UN ESPÍA EN EL SALÓN

**M**i *progenitor diferente a la madre biológica*, o, hablando en español castizo, mi *padre* (el esposo de mi madre) me llevaba de la mano hasta el colegio de San Agustín, en la calle Méndez Núñez. Desde las Puertas del Campo —paradójico nombre— a la escuela, era un paseo que no pasaba de los veinte o treinta minutos. En el Ángulo, frente al baluarte de la bandera, había un pequeño kiosco de chucherías regentado por un tal Jeromo, al que algunos chavales disgustaban, de vez en cuando, con ripios que relacionaban su nombre y salvas sean las partes con el plomo. Aquel hombre, visiblemente ofendido, solía salir del cubículo, garrote en mano, en un vano intento de neutralizar tales groserías, absolutamente incapaz de alcanzar a los rapaces, que volaban más que corrían.

Cruzábamos el puente del Cristo notando cómo temblaba el suelo cuando pasaban los vehículos más pesados al mismo tiempo. Aunque la costumbre tenía otros antecedentes, no dejaba uno de santiguarse al llegar frente al Crucificado, en señal de agradecimiento por no haber permitido el desplome del viaducto. En la calle Edrisis, al amor de una de las palmeras del lugar, frente a la estatua de González Tablas, Manolo Sánchez, en sus ratos libres, inundaba todo aquel paseo con aroma de garrapiñadas recién caramelizadas en un reluciente perol. Sentado ante una pequeña mesa cubierta con un lienzo blanco y varias decenas de cartuchos de papel con tales almendras, hacía las delicias de los transeúntes, ya con levante, ya con poniente. Incluso llegaban los efluvios hasta el monumento dedicado a los héroes de la guerra de África, en la plaza del mismo nombre.

Después de atravesar los jardines de San Sebastián, que ocupaban el antiguo bastión del mismo nombre, y discurrir por la Marina, llegábamos a la esquina del edificio del gobierno militar, antiguo palacio—residencia del gobernador, y subíamos la cuesta hasta la puerta del colegio donde entraba yo, con mi cartera de cuero colgada a la espalda, y él proseguía, con la suya en la mano, traje negro o gris oscuro y corbata también negra, hasta su oficina, subiendo la pendiente de la calle General Yagüe.

En aquella «forja de hombres», como rezaba el himno agustiniano que cantábamos con ocasión del cincuentenario de la fundación de tal colegio católico, convivíamos los Auzmendi, Barchilón, Barfull, Bawani, Castell, Cohen, Domínguez, García, Hammú, Mustafa, Ostalé, Ramírez, Rouco o Vázquez, unidos bajo una misma formación y consideración social y académica, excepción hecha de la asignatura de Religión —salvedad lógica a todas luces.

Atrás, en el tiempo, quedaron los días en la casita del patio Castillo, al que se accedía desde el portal en el número dos de la calle Amargura. Al bajar la escalera se llegaba a un amplio impluvio donde se ubicaba una especie de corrala que daba cobijo a buenas gentes de todo tipo y condición; donde la facundia femenina era ritual en los corredores del edificio y la masculina ponía adobo a las partidas de mus o dominó en los soportales de la planta baja. No se pudo encontrar otra casa en la premura de nuestra llegada a Ceuta tras la liquidación del Protectorado en Marruecos. Allí se ubicaba, en la esquina de la calle Velarde, Casa Bravo, una tienda de ultramarinos que disponía de mostrador útil para servir cervezas, vinos y lo que pluguiese. Frente por frente, unas escalerillas daban acceso a la casa de doña Manolita, que daba clases de solfeo y piano, marcando el compás con fruición y amplitud. También se esmeraba tocando el armonio en el coro del santuario de Nuestra Señora de África, para acompañar el himno de la Patrona y Alcaldesa Perpetua de la ciudad.

Después de hacer la primera comunión, nos trasladamos a la nueva casa, más amplia y mejor dotada, donde la familia pudo disfrutar de unas condiciones que mejoraron sensiblemente su calidad de vida. La orientación al sur sueste, llenó de luz y calor las vidas de cuatro seres que vivieron en paz y armonía —incluso controversias— durante tres décadas y pico hasta levantar el vuelo fuera del nido.

***

Han pasado sesenta años y aún lo recuerdo como si fuese ayer.

Tendría nueve o diez años recién cumplidos. Él despejaba la mesa del salón y ponía en la silla próxima su cartera negra de cuero. Completaban la oficina un cenicero, una petaca con cigarrillos liados de picadura, un mechero de martillo alimentado con bencina, y un termo con café cargado, junto a una taza humeante. Con el paso del tiempo dejó de fumar radicalmente, influido por el capitán médico que le sugirió tal orden.

Sacaba de la cartera un lápiz, una goma y un sacapuntas, así como unos pliegos de papel con un cuadriculado de unos ocho milímetros. Unos estaban escritos; otros no. Luego, de un sobre pequeño, volcaba en la mesa su contenido: varias cartulinas cuadradas, de unos nueve o diez centímetros de lado, provistas de algunas perforaciones. Los pliegos escritos tenían grupos de letras inconexas, en cuadrados de diez por diez (o eso me parecía). Situaba las tarjetas perforadas sobre aquellos cuadrados y las letras que quedaban a la vista las copiaba en el pliego nuevo siguiendo una disposición parecida.

Mi madre se acercaba para suministrarle más café. Él le comentaba que era un trabajo extra y urgente, de última hora, que tenía que completar antes del comienzo de la siguiente jornada.

Yo, absorto en mis elucubraciones mentales, perdía el tiempo enfrascado en la estrategia de los soldaditos de plástico que, desde el suelo, disponía contra los de la mesita del salón, cuya cota debían conquistar en exaltado enfrentamiento. Llamaba, injustamente, a aquella labor paterna *hacer crucigramas*, cosa que también practicaba con soltura en los ratos libres, y no era la primera vez que veía aquello. No le presté mucha atención, por tanto, no puedo precisar al detalle la exactitud de lo descrito.

Siempre vestía de paisano, pero sabía que era militar: el uniforme dormía en el armario el sueño de los justos, y un sable, con una cabeza de león en la empuñadura y la punta oxidada, en el fondo de dicho mueble, esperaba a que alguien con fuerza lo pudiese desenvainar.

Nunca hubo otras armas en casa.

En la pechera de la guerrera brillaba un emblema ovalado. Su orla contenía la inscripción *Alto Estado Mayor*, y una estrella de cinco puntas se solapaba sobre un ancla almirantazgo, una cruz/espada de Santiago y un águila imperial, todo ello en campo de azur. Las bocamangas tenían dos estrellas doradas de seis puntas, correspondientes al empleo de teniente. Únicamente lo vi de uniforme en fotos antiguas, en un viaje a Madrid para hacer algún curso, al cual lo acompañé cuando contaba doce años, aún de calzón corto, y para hacerse unas fotos familiares con motivo de su jubilación, ya con empleo de capitán y grado de comandante.

También forma parte de mis recuerdos la visita que hice con él a su oficina, que se ubicaba en un ático. Había una amplia terraza donde dos pastores alemanes deambulaban, sueltos, a su antojo. Un pequeño cuarto interior, iluminado tenuemente, tenía el suelo cubierto con un pavimento plástico y las paredes estaban protegidas con láminas de corcho. Sobre una mesa había una potente estación de radio, unos auriculares y un manipulador de telegrafía, así como un ruidoso teletipo. Un gran mapa de Marruecos llenaba la pared contraria a los artilugios anteriores. Contenía bastantes chinchetas de colores clavadas en algunas ubicaciones. Las restantes habitaciones eran despachos normales, bien iluminados y espaciosos.

Lamento no haber sido una esponja para retener más detalles del asunto.

Ahora, a la vejez, hemos podido saber que mi padre pertenecía a la Sección Tercera del Alto Estado Mayor, posiblemente al negociado o subsección de codificación/descodificación responsable de la intervención de las comunicaciones de agentes extranjeros.

Naturalmente, a la vista de lo descrito, es de suponer que su unidad no estaba dotada como los compañeros privilegiados, que sí disponían de algunas máquinas *Enigma*, de factura alemana, para la seguridad de las comunicaciones, ya desde los tiempos de la guerra civil de 1936.

También es de suponer que los textos a descifrar o codificar no precisaran de mayores tecnicismos de los que estaban en vigor en aquel momento, ya fuesen propios o extraños. Aunque el binomio anglo-francés sea sinónimo de *aliados*, no creo que los anglosajones compartiesen de inmediato con sus amigos franceses las cualidades y entresijos de la meritada máquina de encriptación, una vez descubiertos a principios de los 40 sus secretos más íntimos y profundos, desvelados a finales de los 60, ya que los franceses se han caracterizado a lo largo de la Historia por estropear todo lo que tocan, cosa que conocen perfectamente los ingleses y que nos empeñamos en ignorar los españoles.

En alguna ocasión le pregunté: «¿Qué haces en la oficina?», a lo que siempre respondía: «Escribir cartas oficiales». No concretaba, pero tampoco mentía. Su mutismo y discreción eran sobrenaturales.

Hoy sabemos, por otras fuentes, que aquellos textos procedentes de la zona francesa, una vez descodificados, eran incorporados a unos informes que se remitían con urgencia a los órganos superiores del *Alto*, que era como llamaban a su sede central.

Tras la liquidación del Protectorado de España en Marruecos, en 1956, este país siguió siendo un nido de espías en pleno auge de la *guerra fría*, que mantuvo enfrentados a los dos bloques antagonistas hasta 1989. Hoy el antagonismo ha cambiado de ideológico a socioeconómico.

Naturalmente, el mayor flujo de información pasaba por Ceuta, al igual que los ingleses han utilizado Gibraltar, desde su usurpación, para los mismos fines. Es de suponer que, en la actualidad, tales prácticas se mantienen.

Tras algunos reajustes, gubernamentales o relacionados con el cambio de régimen, sabemos que aquella Sección Tercera del Alto Estado Mayor del Ejército se incorporó al Servicio Central de Documentación (SECED), que luego se reestructuró en el Centro Superior de Información de la Defensa (CESID) que, por último, devino en su actual heredero, el Centro Nacional de Inteligencia (CNI). Sabemos, también, que los gobiernos forman parte de la maquinaria del Estado, pero que *no son* el Estado —recordemos a Luis XIV—. No dejan de ser meros gestores eventuales, al albur de la elección popular que determina su alternancia en la gestión. Los gobernantes, que sí son personas, tienen voluntad de perdurar. Está dentro de la lógica del poder y adherido a la biología humana. Ello acarrea la necesidad de manipulación y control del pueblo que los elige, por eso es entendible que pretendan amoldar el uso de los servicios de inteligencia a su interés, cosa que, en ocasiones, consiguen: nada nuevo bajo el sol.

Ahora, ante la postrera morada paterna, solo cabe monologar panegíricos y agradecimientos: ausencia impuesta por la ley de la vida…

Trabajar para el Estado con lealtad, abnegación, disciplina, espíritu de servicio y compañerismo, respetando a las personas, normas e instituciones, fueron su ejemplo y consejo, los cuales seguí a lo largo de cuarenta años largos. Jamás se arrepintió de haber mantenido aquella línea. Mejorando lo presente, tampoco me arrepiento de haber hecho lo mismo.

La devoción de un aficionado a la escritura acrece con el paso de los años y con la carga de cultura que, cada día, aumenta el equipaje que dejaremos tras nuestra marcha definitiva. Produce un placer morboso saber que alguien conocerá cuitas, cuentos e historias de nuestro acervo: mis bendiciones para aquellos que, al leerme, sientan lo mismo que yo al escribirles. Un espía en el salón es un ápice de pura historia dentro de la Historia y, como tal, parte de la vida, sentida hasta el tuétano, de un autor de artículos, relatos y un par de novelas, desbordado por la gramática.

**EMILIO BARRANCO**

## SIMÓN HERNÁNDEZ LEAL

# VISIONES DE CEUTA

En una tranquila noche estrellada en el valle del Elqui, uno de los mejores lugares del mundo para observar el firmamento, se encontraban dos hombres alrededor de una fogata, calentando unas tazas de metal. El más viejo, de barba, tomó una grabadora de mano y comenzó una nueva grabación:

—El paciente es un hombre chileno de treinta y ocho años, fotógrafo, residente de Santiago de Chile, viudo, con síntomas de ansiedad y depresión, y cara de pocos amigos –comentó Felipe en el grabador, dibujando una sonrisa de diversión en su rostro.

—¿Qué risa? –respondió con sarcasmo su hermano Roberto —¿Eres mi hermano mayor o mi terapeuta? ¿Me vas a cobrar la consulta?

—Esta noche soy un poco de las dos. Cuéntame tu historia. Haz un poco de distanciamiento emocional.

—Bien, sí, soy viudo, mi esposa, Laura, era surfista y falleció ahogada hace once años.

—Muy bien, ¿y ahora por qué viene usted a mi despacho, don Roberto? —preguntó su hermano, animándole a seguir con el ejercicio.

131

—Pues porque ya han pasado once años de ese suceso, y ahora otro accidente sacudió de nuevo mi vida. Estaba saliendo de la oficina donde trabajaba cuando me vi involucrado en un accidente de tránsito. Desperté en el hospital, donde estuve en terapia intensiva. El pronóstico era desalentador, se esperaba que no volviera a caminar.

—Muy mal, muy —decía Felipe, agitando la cabeza, mientras tomaba notas en una libreta imaginaria.

—Luego de varias operaciones e intervenciones médicas, finalmente fui dado de alta de cuidados intensivos y puesto en manos de un departamento de fisioterapia. En ese lugar conocí a una fisioterapeuta llamada Marta.

—Interesante, ¿y qué me puedes decir de Marta? — preguntó su hermano mientras acomodaba algunos leños en la fogata.

—Pues Marta —a Roberto se le formó un nudo en la garganta —es muy guapa, cabello castaño, ojos grandes, una sonrisa espectacular. Sabes, es mi tipo. Es una española, de Ceuta, y fue ella la que me ayudó a recuperar mis piernas, excepto por este bastón. —Roberto alzó un elegante bastón de marfil que reposaba al lado de su silla de campamento.

—¿Y ahí fue donde la invitaste a salir? ¿Como paciente del hospital? ¡Antitético! ¿En cuál parte fue donde dañaste toda la relación y espantaste a la mujer? —le preguntó su hermano—terapeuta soltando una risa.

—No la espanté, tú. Oye, sabes, hay una razón por la que los familiares no deberían ser terapeutas de sus pacientes —se quejó Roberto.

—Tú solo sigue el juego, anda, suéltalo todo, te causó ansiedad que no fuera de aquí —le calmó su hermano.

—Sí, saber que no se quedaría aquí, que regresaría a su Ceuta natal, me causó ansiedad. Pero a medida que la fui conociendo, esa mujer tenía algo, Felipe, no sabría decirte qué, algo que no había sentido desde...

—Tu última esposa, Laura, la que falleció en el accidente.

—Sí, desde Laura —dijo Roberto —y ser viudo, uno se olvida de esas cosas. Marta es espiritual, como Lau. Es velerista, ama el amar. En cambio, yo temo al mar, como sabes.

—Sí, me has hablado de tu talasofobia.

—La cual superé, gracias a Laura, y Marta me ayudó también a superar mis miedos a volver a caminar. Y, ¿cómo decirlo?, he estado teniendo sueños, visiones, de que Marta se ahoga en el mar, igual que pasó con Laura.

—Es una respuesta a la ansiedad, a tu talasofobia. Has pasado por mucho estrés.

—No, esto es algo diferente, es... Desde que empecé a meditar, me he vuelto, no sé, más sensible a estas cosas.

—Bueno, si te hace sentir mejor, llama a Marta, háblale de tus sueños, para que veas que no tienes nada de qué preocuparte.

—Esa es la peor parte, Felipe. Marta está desaparecida desde hace cuatro meses. Llegó a Ceuta y desapareció del mapa. Ni mensajes, ni cartas, fuera de las redes, en fin, un desastre todo...

Roberto le entregó una carta escrita por Marta:

"Hola guapo, finalmente, después de un año de preparaciones, me voy de Chile y regreso a España, será una buena oportunidad para conectarme con mis raíces. Las mujeres como yo estamos destinadas al desierto y el mar. Sé que te extrañaré mucho, Roberto, y tu tierra, pero si algún día me siento nostálgica, solo debo recordar todo lo que me sucedió aquí, espero volver a verte cuando hayamos sanado, o puedes buscarme en Ceuta."

—Esta carta no dice nada, Roberto. No sé bien qué quieres hacer. Ella es adulta, puede tomar sus decisiones. Tú tienes una carrera y una vida, enfócate en ellas.

—Sí, tienes razón. – Respondió Roberto resignado.

—Pero te conozco, hermano. Te conozco bien. Así que tienes mi bendición. Búscala. Lo peor que puede pasar es que regreses con las tablas en la cabeza. Sigue tu intuición y búscala...

Roberto tomó esa semana el primer avión a España. Aterrizó en Málaga y en pocas horas estaba sentado en un ferry de Algeciras a Ceuta, aferrado al asiento, recordando el dato de que más personas mueren en ferries que en aviones o carros cada año. Se trasladó al hotel y, sin saber mucho a dónde ir, empezó por explorar la ciudad, muy diferente a otras ciudades marítimas que había conocido en su continente.

El primer problema vino cuando pasaba por la plaza que llamaban la Plaza de África de noche; le vino un terror de muerte, una gran angustia que fue sustituida por una dilatada y sagrada calma. Con ese primer susto, regresó a su hotel a ducharse, intentando procesar qué le pasó, por qué le sobrevinieron esas raras sugestiones del entorno.

Descartándolas como simples imaginaciones de una mente muy estimulada, después de explorar toda la ciudad buscando a Marta, decidió salir a dar un paseo por la playa. El clima estaba en pleno levante, el fuerte viento formaba algunas olas, y al ver el mar, le llegaron imágenes de gritos de los ahogados en ese mar, como en el sueño de Marta. Con este fuerte escalofrío que le daban todas estas impresiones, interrumpió su caminata y se escondió en su hotel.

Parecía que su capacidad para sentir las impresiones de tiempos pasados en el ambiente estaba siendo amplificada por la ciudad misma. Sin saber qué hacer y sin querer abandonar su habitación, llamó a su hermano Felipe. Le contó todo lo que le sucedía: las visiones, el nerviosismo y que quizás necesitaba algún fármaco para calmar sus nervios.

—Nada de eso —le imploró con calma su hermano —, tengo un amigo terapeuta, bueno, alternativo que vive en la península, le pediré que te ayude.

El amigo de Felipe tardó dos días en llegar a visitar a Roberto. Apareció en su puerta, era un hombre de mediana estatura, con larga barba y nariz aguileña. Vestía ropas de montañismo y tenía las arrugas en el rostro de alguien que ha visto muchos lugares y horizontes. Se presentó como el profesor Samuel.

Roberto le explicó todo lo que le acontecía, y el viejo profesor lo escuchó con calma, asintiendo con la cabeza. —Parece ser que eres muy sensible a las historias de ciertos lugares —dijo Samuel. —Tengo un ejercicio para ti. Todo esto que percibes está muy en la superficie. Ve más adentro, más profundo, más atrás. Sumérgete en la meditación. No rechaces la conexión. Calma el océano de la mente.

—No crees que estoy loco, preguntó Roberto.

—Puede ser, nunca se sabe, —respondió Samuel alzando los brazos —pero explorar tu interior nunca es de locos. Vendré en una semana de nuevo por aquí y me dices cómo te ha ido en tu búsqueda.

Roberto siguió el consejo de Samuel. Una vez pasada la tormenta, decidió salir de su habitación y continuar buscando a Marta, pero no tuvo éxito con sus preguntas y averiguaciones por la ciudad.

Al pasar por las playas, esta vez el clima era totalmente diferente. Un hermoso atardecer se desplegaba en el cielo, y cuando se fijó en el monte Hacho, le vino de nuevo una visión: la de una gran columna, un árbol grande que se elevaba sobre el monte hacia el cielo.

Luego, miró hacia el mar y pudo percibir un gran jardín, lleno de hermosas mujeres que recogían frutos. Hacia el este, aguas de vida que fluían sin cesar desde un centro.

Todas estas visiones le venían estando en la ciudad de golpe, a veces con imágenes, otras con símbolos que debía ser meditado. Ahora, estas visiones eran todo lo contrario a las primeras, llenas de luz, sabiduría y belleza.

La visión de los delfines le interesaba en particular. ¿Qué significaban? Después de los siete días, le comentó estas visiones a su amigo aventurero, quien tenía una interpretación para cada una de ellas.

Los delfines, no sabía qué eran. Quizás una asociación con el antiguo culto de Apolo. Se creía que

Apolo era la deidad de los visionarios. Samuel le recomendó seguir esa visión con más detalle y quizás encontraría lo que buscaba en Ceuta.

Decidió buscar imágenes de delfines por la ciudad y, curiosamente, al llegar al puerto, se encontró con un velero adornado con grabados de delfines en su costado. Mientras observaba el barco, notó a una mujer en la proa. Para su sorpresa, esa mujer era Marta, a quien estaba buscando.

El velero partía del puerto para emprender otro largo viaje por el Mediterráneo. Roberto, decidido y lleno de determinación, soltó su bastón y se lanzó al agua. Impulsado por una fuerza sobrenatural, producto de su conexión interna y trascendente, logró alcanzar el velero en poco tiempo. Marta gritó al ver un hombre que nadaba con furia en su dirección. Al reconocerlo, lo ayudó a subir.

—Roberto, ¿cómo has llegado aquí? ¿Qué haces? ¿Cómo me has encontrado? Tengo meses sin tocar Ceuta. ¿Cómo sabías que hoy pasaba por aquí? —preguntó Marta, perpleja.

Roberto, jadeando, aun en trance y casi a punto del desmayo, respondió: "Te vi, Marta, en el misterio, te vi en el lugar donde se encuentran los dos mares, y ese lugar es aquí", señalando su propio corazón.

Escrito en Ceuta, 8/04/2024

Soy antropólogo de origen venezolano. Desde hace dos años resido en la ciudad de Ceuta, donde he sentido la inspiración para escribir un relato que abarque aspectos simbólicos de su geografía sagrada. Los personajes de este relato también aparecen en otro cuento corto que publiqué en el libro "Cuentos Inspirados en el Mar de Chile", titulado "El Mar de Chile, El Viejo Amigo".

He tenido el honor de recibir algunos premios literarios por mis cuentos y también he escrito algunos libros de negocios. Actualmente, estoy enfocado en la creación de nuevo material y en la finalización de mi primera novela.

**SIMÓN HERNÁNDEZ LEAL**

## ALMUDENA DE TORRE CASADEVANTE

# Y CUANDO QUIERAS VOLVER, YA NO PODRÁS

**S**uena el despertador. Son las 6:45 am, aunque yo ya llevo despierta cerca de  diez minutos. Como cada mañana, Paula, mi compañera de piso, ya se ha ido, y el ruido de la puerta al cerrarse siempre hace que me despierte antes de lo planeado. Ella trabaja en un hospital en el sur de la ciudad. Tiene por delante una hora de transporte público cada mañana por lo que es la primera en salir de casa.

Hoy es lunes, los lunes siempre cuestan un poco más. Aun así, consigo dejar la pereza de lado y me levanto a preparar el café. Mientras se prepara el café, sigo los mismos pasos de cada mañana desde hace cerca de dos años, el tiempo que llevo trabajando en Madrid. Vine a Madrid a estudiar un Máster después de acabar la carrera de Derecho en Granada y como suele pasar, aquí me quedé. ¡Ay, cada vez que recuerdo esos años en Granada pienso que fueron los mejores de mi vida! Aunque bueno, dicen que todo tiempo pasado es mejor.

Preparo todo lo necesario para el día de hoy, porque una vez salgo de casa, no suelo volver hasta cerca de las diez de la noche, y de momento son solo las siete de la mañana. Hago un repaso mental: tupper con la comida, fruta para media mañana, algo para merendar por la tarde, mi mochila con las cosas para ir al gimnasio, el cargador del móvil por si me quedo sin batería, los EarPods, un libro por si tengo tiempo de leer en el metro, cosa que suele ser imposible porque suele haber tanta gente, que no tengo ni la posibilidad de sacar el libro. Además, recuerdo que hoy he quedado con mis amigas del antiguo trabajo, así que tengo que llevar ropa para después del gimnasio.

Todas las mañanas el mismo repaso mental para acabar saliendo de casa con todo tipo de trastos, que van teniendo protagonismo a lo largo del día, aunque siempre acabo lamentándome por ir tan cargada —voy a perder algo seguro— o —hoy me roban el móvil por ir con tantas cosas—.

Entre una cosa y otra, de nuevo voy tarde. Nunca me maquillo, casi no tengo tiempo para peinarme, ni se me pasa por la cabeza poder sacar cinco minutos más para poder maquillarme. Cuando estoy saliendo por la puerta, despierta mi compañero Juan, él es informático, así que puede quedarse en casa casi todos los días de la semana. Siempre siento mucha envidia cuando lo veo en pijama a las ocho de la mañana, mientras yo, una vez más, le digo adiós rápidamente.

Bajo al metro al paso más ligero que puedo. Esto no te lo enseñan en Ceuta, esto lo aprendes en Madrid. Mi madre era madrileña, pero huyó de aquí y vino a Ceuta, la que luego sería su casa gran parte de su vida, y dónde criaría a sus tres hijos. Ella no solía andar rápido. Imagino que por eso decidió irse de Madrid. Las prisas y la angustia no iban con ella. Ella no era así. Ella era paciente y tranquila. Disfrutaba de tardes enteras tumbada leyendo. Además, le gustaba el sol, y en menor medida, el mar. Pero aun así, decidió mudarse a Ceuta cuando acabó la carrera. Ceuta era su ciudad de vacaciones, sus vacaciones en el pueblo, en la casa de sus tías y con su prima, que casi era su hermana, porque ambas eran hijas únicas. Supongo que cuando un lugar es tu sitio seguro, quieres quedarte siempre.

Me da tiempo a coger el metro, aunque ya me sobran todas las capas que me he puesto. El termómetro marcaba 4 grados antes de salir de casa. Está siendo un invierno muy duro, no recuerdo ningún invierno así en los tres años que llevo en Madrid. No sabría explicar por qué me decanté por Madrid cuando quise estudiar un máster. Creo que Madrid me eligió a mí, a pesar de que a veces parezca que va en mi contra. El máster que estudié estaba relacionado con las relaciones internacionales y con África. El mundo internacional siempre me había llamado la atención y, ser de Ceuta, siempre te da la sensación de ser algo importante en ese aspecto. Antes de acabar la carrera me veía como diplomática, secretaría de la ONU, o como el mismísimo Albares. Pero cuando llegas a esta ciudad, la realidad te consume a una velocidad que casi no te da tiempo a procesar y rápidamente todas las aspiraciones se van esfumando, a la vez que vas aceptando que debes conformarte con encontrar un trabajo.

Ya he llegado a mi parada, es Argüelles. Tengo suerte, desde mi casa solo tardo veinte minutos en llegar al trabajo en metro. Aun así, vuelvo a llegar tarde. Trabajo en una prestigiosa universidad, rodeada de jóvenes llenos de aspiraciones. Voy por épocas, hay ocasiones en las que envidio el momento en el que están, llenos de ganas de comerse el mundo; pero otras veces, siento pena por ellos, siento pena pensando en el momento en el que tengan que darse cuenta de que la realidad es distinta a lo que nos han contado. Que no conseguirán un trabajo al finalizar la carrera, que sus padres tendrán que pagar un máster, que muchos de ellos tendrán problemas para encontrar un trabajo, y otros muchos tendrán que aguantarse con un sueldo precario durante años.

Cuando salgo de trabajar, voy a mi clase de pilates, me ducho rápido porque ya voy tarde para mi quedada con las chicas del antiguo trabajo. Dejé ese trabajo hace cerca de un año, pero hemos mantenido la relación. Dicen que cuando estás en un trabajo con malas condiciones, te unes más a tus compañeros. Supongo que eso es lo que nos pasó. Trabajábamos en el departamento legal de una empresa, cerca de cuarenta horas a la semana, bajo un jefe egocéntrico y narcisista, y cobrando novecientos euros al mes. Sí, supongo que sí, que eso une. Esa fue mi primera experiencia laboral, y, aun así, a veces me siento agradecida porque me abrieron las puertas del mercado.

Nos ponemos al día, nos preguntamos por las familias, el trabajo actual, las próximas vacaciones y cotilleos de la antigua empresa. Cuesta que nos reunamos todas, la cena de hoy lleva planificada dos meses, y llevamos sin vernos cuatro. Esto es Madrid, supongo. Por eso todos nos sentimos un poco solos, supongo.

Cuando acabamos, voy a Plaza de España para coger el autobús que me lleva a casa. Con suerte estaré allí en veinte minutos. Agradezco a mi yo del pasado que el domingo se quedara preparando los tuppers del resto de la semana. Batch cooking lo llaman. Yo lo llamo hacerte regalos a ti misma.

Cuando subo al autobús recibo un mensaje de mi novio. Él tampoco es de aquí, es de Galicia. Nos conocimos por unos amigos que tenemos en común. El mensaje es un link, un link a una página web de casas en alquiler: un piso en Cádiz. Él tiene aún más ganas de irse de esta ciudad. Pero los dos tenemos ganas de huir del gentío, de las prisas, de los coches, del metro, de los planes a cuatro meses vista, de las cervezas a casi cuatro euros y los cafés a tres. Los dos tenemos ganas de lo mismo: vivir cerca del mar.

Empiezo a pensar en el mar, y pienso en mi ciudad, pienso en Ceuta. Pienso en el lugar en el que tantos años viví. Pienso en esos años de niña, paseando con mi madre por el Monte Hacho, yendo al mercado o cruzando la frontera para comprar cuatro kilos de tomates por cincuenta céntimos. Pienso en mis años de adolescente, con esas primeras veces para todo. Pienso en todos los planes que hacía con mis amigas, en las tardes de verano en la playa hasta casi el anochecer. Pienso que nunca me parecía poco, nunca estaba aburrida.

Sin embargo, llega un momento en el que sí, en que todo eso se empieza a quedar pequeño. La gente que conocías empieza a marcharse, y los que se quedan, parece que quedan atrás. Los fines de semana empiezan a ser lo mismo. Recuerdo cuando tenía diecisiete años y mi mayor motivación era estudiar y estudiar para poder irme, irme sin mirar atrás.

Y entonces llega el momento, y resulta que te vas, que todos se van. Pero todos quedamos unidos a la ciudad por un pequeño hilito, que te hace volver siempre. Que te hace ser mucho más ceutí ahora que estás fuera. Te hace proclamar a los cuatro vientos que sí, que eres de Ceuta y ahora hasta te gusta que te pregunten ¿y cómo es vivir allí? Hace que intentes escaparte a la ciudad en Navidad, en Semana Santa, en la Mochila, en Carnavales. Hace que quieras llevar a todos tus nuevos amigos que has conocido en la Universidad a la feria. Hace que te apetezca siempre un campero, un té y unos corazones de pollo. Hace que valores todo mucho más de lo que lo hacías antes.

Pero, cuando quieres volver, ya es demasiado tarde, y aunque quede ese hilito pequeño, casi invisible, que te une a la ciudad, ya no puedes volver. Allí ya no tienes casi oportunidad para trabajar, allí ya no hay hueco para ti.

Entonces, tienes que conformarte, y tienes que aprender a vivir en una ciudad que a veces te ahoga con sus prisas y su gente. Te conformas con ser una ceutí de nacimiento, que siempre estará muy orgullosa de ser ceutí, de sus orígenes y de su lugar, aunque ya nunca más pueda volver a su ciudad.

Ya he llegado a mi parada. Me bajo del autobús y ando rápido para llegar a casa lo antes posible. Ya es tarde y mañana es un día más. O quizás un día menos.

Mi nombre es Almudena de Torre Casadevante, tengo 25 años y aunque soy de Ceuta, ahora mismo vivo en Madrid. Siempre me ha gustado escribir, pero más bien como una forma de plasmar mis sentimientos y tratar de ordenar mis ideas, aunque a veces sí me gusta compartirlo con los demás, cuando creo que puede haber alguien más que se sienta como yo. He participado en varios concursos de poesía en Ceuta, y esta es mi primera vez escribiendo prosa. Espero que os guste y compartáis conmigo las ganas de volver a vuestra ciudad de origen.

**ALMUDENA DE TORRE CASADEVANTE**

# ÍNDICE

(Por orden alfabético del título del relato, excepto el ganador, que va en primer lugar).

## Presentación

*Los techos altos*
    de Juan José Coronado Navarrete 〰〰〰〰〰〰 **1**
*Abono*
    de Fermín Castro González 〰〰〰〰〰〰 **7**
*Cascabel*
    de Mayda Daoud Abdelkáder 〰〰〰〰〰〰 **11**
*Cristales opacos*
    de Ignacio González Prieto 〰〰〰〰〰〰 **15**
*Cuando vienen a verme*
    de Francisco Cordero Muñoz 〰〰〰〰〰〰 **21**
*El comienzo de un viaje de superación*
    de Bárbara García Martí 〰〰〰〰〰〰 **25**
*El rostro de la resiliencia*
    de José Manuel Fernández Ahumada 〰〰〰〰〰〰 **31**
*El trigal*
    de Kauzar Mustafa Ben Hattal 〰〰〰〰〰〰 **37**
*El valle del manzano del hombre muerto*
    de Jorge Ruiz León 〰〰〰〰〰〰 **43**
*Entre sombras y claridades*
    de Pablo Márquez Taboada 〰〰〰〰〰〰 **51**
*La carta*
    de Manuel Rescalvo Chumillas 〰〰〰〰〰〰 **61**
*La otra senda*
    de Isabel Ana Cabeza García 〰〰〰〰〰〰 **69**
*Lo imposible*
    de Juan Carlos Sánchez Jiménez 〰〰〰〰〰〰 **77**

**Mi niño interior**
de Roberto Carlos Montilla Castillo ˜˜˜˜˜˜˜˜˜˜ **83**
**¡Por fin soy juez!**
de Enrique Marcos Pascual ˜˜˜˜˜˜˜˜˜ **89**
**Préstamos**
de Alicia Morales Fernández ˜˜˜˜˜˜˜˜ **95**
**Siete años de buena suerte**
de Margarita del Brezo Gómez Cubillo ˜˜˜˜˜˜˜˜˜˜ **99**
**Tumba 3786**
de Leopoldo Sánchez Valencia ˜˜˜˜˜˜˜˜ **107**
**Un cuento para el camino**
de José Luis Lacaci López ˜˜˜˜˜˜˜˜ **115**
**Un espía en el salón**
de Emilio Barranco Cazalla ˜˜˜˜˜˜˜˜ **123**
**Visiones de Ceuta**
de Simón Hernández Leal ˜˜˜˜˜˜˜˜ **131**
**Y cuando quieras volver, ya no podrás**
de Almudena de Torre Casadevante ˜˜˜˜˜˜˜˜˜ **139**